AF547578

GRöLS
Verlage

„BÜCHER SIND WIE FALLSCHIRME. SIE NÜTZEN UNS NICHTS, WENN WIR SIE NICHT ÖFFNEN."

Gröls Verlag

Redaktionelle Hinweise und Impressum

Das vorliegende Werk wurde zugunsten der Authentizität sehr zurückhaltend bearbeitet. So wurden etwa ursprüngliche Rechtschreibfehler *nicht* systematisch behoben, denn kleine Unvollkommenheiten machen das Buch – wie im Übrigen den Menschen – erst authentisch. Mitunter wurden jedoch zum Beispiel Absätze behutsam neu getrennt, um den Lesefluss zu erleichtern.

Um die Texte zu rekonstruieren, werden antiquarische Bücher von Lesegeräten gescannt und dann durch eine Software lesbar gemacht. Der so entstandene Text wird von Menschen gegengelesen und korrigiert – hierbei treten auch Fehler auf. Wenn Sie ebenfalls antiquarische Texte einreichen möchten, finden Sie weitere Informationen auf www.groels.de

Viel Freude bei der Lektüre wünscht Ihnen das Team des Gröls-Verlags.

Adressen

Verleger: Sophia Gröls, Im Borngrund 26, 61440 Oberursel

Externer Dienstleister für Distribution & Herstellung: BoD, In de Tarpen 42, 22848 Norderstedt

Unsere „Edition | Werke der Weltliteratur“ hat den Anspruch, eine der größten und vollständigsten Sammlungen klassischer Literatur in deutscher Sprache zu sein. Nach und nach versammeln wir hier nicht nur die „üblichen Verdächtigen“ von Goethe bis Schiller, sondern auch Kleinode der vergangenen Jahrhunderte, die – zu Unrecht – drohen, in Vergessenheit zu geraten. Wir kultivieren und kuratieren damit einen der wertvollsten Bereiche der abendländischen Kultur. Kleine Auswahl:

Francis Bacon • Neues Organon • **Balzac** • Glanz und Elend der Kurtisanen • **Joachim H. Campe** • Robinson der Jüngere • **Dante Alighieri** • Die Göttliche Komödie • **Daniel Defoe** • Robinson Crusoe • **Charles Dickens** • Oliver Twist • **Denis Diderot** • Jacques der Fatalist • **Fjodor Dostojewski** • Schuld und Sühne • **Arthur Conan Doyle** • Der Hund von Baskerville • **Marie von Ebner-Eschenbach** • Das Gemeindekind • **Elisabeth von Österreich** • Das Poetische Tagebuch • **Friedrich Engels** • Die Lage der arbeitenden Klasse • **Ludwig Feuerbach** • Das Wesen des Christentums • **Johann G. Fichte** • Reden an die deutsche Nation • **Fitzgerald** • Zärtlich ist die Nacht • **Flaubert** • Madame Bovary • **Gorch Fock** • Seefahrt ist not! • **Theodor Fontane** • Effi Briest • **Robert Musil** • Über die Dummheit • **Edgar Wallace** • Der Frosch mit der Maske • **Jakob Wassermann** • Der Fall Maurizius • **Oscar Wilde** • Das Bildnis des Dorian Grey • **Émile Zola** • Germinal • **Stefan Zweig** • Schachnovelle • **Hugo von Hofmannsthal** • Der Tor und der Tod • **Anton Tschechow** • Ein Heiratsantrag • **Arthur Schnitzler** • Reigen • **Friedrich Schiller** • Kabale und Liebe • **Nicolo Machiavelli** • Der Fürst • **Gotthold E. Lessing** • Nathan der Weise • **Augustinus** • Die Bekenntnisse des heiligen Augustinus • **Marcus Aurelius** • Selbstbetrachtungen • **Charles Baudelaire** • Die Blumen des Bösen • **Harriett Stowe** • Onkel Toms Hütte • **Walter Benjamin** • Deutsche Menschen • **Hugo Bettauer** • Die Stadt ohne Juden • **Lewis Caroll** • *und viele mehr….*

Felix Salten

Bambi

Eine Lebensgeschichte aus dem Walde

Er kam mitten im Dickicht zur Welt, in einer jener kleinen, verborgenen Stuben des Waldes, die scheinbar nach allen Seiten offenstehen, die aber doch von allen Seiten umschirmt sind.

Es war denn auch nur wenig Platz da, knapp genug für ihn und seine Mutter.

Hier stand er nun, schwankte bedenklich auf seinen dünnen Beinen, blickte mit trüben Augen, die nichts sahen, blöd vor sich hin, ließ den Kopf hängen, zitterte sehr und war noch ganz betäubt.

„Was für ein schönes Kind!“ rief die Elster.

Sie war herbeigeflogen, angelockt durch das röchelnde Stöhnen, das die Wehen der Mutter entpreßt hatten. Nun saß die Elster auf einem Ast in der Nähe. „Was für ein schönes Kind!“ rief sie jetzt. Sie bekam keine Antwort und sprach eifrig weiter. „Wie erstaunlich, daß es gleich stehen und gehen kann! Wie interessant! Ich habe das noch nie in meinem Leben gesehen. Nun freilich, ich bin ja noch jung, erst seit einem Jahr aus dem Nest, wie Sie vielleicht wissen werden. Aber ich finde es wunderbar. So ein Kind . . . kommt in dieser Sekunde zur Welt und kann gleich auf den Beinen stehen. Ich finde es vornehm. Ich finde überhaupt, daß alles bei euch Rehen sehr vornehm ist. Kann es auch gleich laufen . . .?“

„Gewiß“, entgegnete die Mutter leise. „Aber Sie müssen entschuldigen, wenn ich jetzt nicht imstande bin, ein Gespräch zu führen. Ich habe jetzt sehr viel zu tun . . . außerdem fühle ich mich noch ein wenig matt.“

„Lassen Sie sich durch mich nicht stören“, sagte die Elster, „viel Zeit habe ich ja auch nicht. Aber so etwas sieht man nicht alle Tage. Ich bitte Sie, wie umständlich und wie mühsam geht es bei uns zu in diesen Dingen! Da können sich die Kinder nicht rühren, wenn sie aus dem Ei sind, liegen hilflos im Nest und brauchen eine Pflege, eine Pflege, sage ich Ihnen, von der machen Sie sich natürlich keinen Begriff. Was für eine Arbeit hat man, sie zu füttern, was für eine Angst, sie zu bewachen! Ich bitte Sie, denken Sie einmal darüber nach, wie anstrengend das ist, für die Kinder Futter holen und zugleich aufpassen müssen, daß ihnen nichts geschieht; sie können sich ja nicht helfen, wenn man nicht dabei ist. Geben Sie mir nicht recht? Und wie lange muß man warten, bis sie sich rühren können, wie lange dauert das, bis sie Federn kriegen und nach etwas Anständigem aussehen!"

„Verzeihen Sie", erwiderte die Mutter, „ich habe nicht zugehört."

Die Elster flog davon. „Dumme Person", dachte sie für sich, „vornehm, aber dumm!"

Die Mutter bemerkte es kaum. Sie fuhr fort, das Neugeborene eifrig zu waschen. Sie wusch es mit ihrer Zunge und das war alles in einem, Körperpflege, wärmende Massage und Liebkosung.

Das Kleine taumelte ein wenig. Unter dem Streicheln und Schubsen, von dem es überall leise berührt wurde, knickte es ein bißchen zusammen und hielt still. Sein rotes Röckchen, das noch ein wenig zerzaust war, hatte feine, weiße Sprenkel, und in seinem duseligen Kindergesicht war noch ein Ausdruck wie von tiefem Schlaf.

Ringsumher wuchsen Haselstauden, Hartriegel, Schlehdornbüsche und junger Holunder. Hohe Ahornbäume, Buchen und Eichen bauten ein grünes Dach über der Dickung, und dem festen, dunkelbraunen Boden entsprossen Farnwedel, Walderbsen und Salbei. Ganz niedrig schmiegten sich die Blätter von Veilchen, die schon geblüht hatten, und von Erdbeeren, die eben zu blühen begannen, an die Erde. Durch das dichte Laubwerk drang das Licht der Frühsonne als ein goldenes Gespinst. Der ganze Wald erschallte von vielerlei Stimmen, war von ihnen durchdrungen wie von einer fröhlichen Erregung. Der Pirol jauchzte unablässig, die Tauben gurrten ohne Aufhören, die Amseln pfiffen, die Finken schlugen, die Meisen zirpten. Dazwischen riß zänkisch der Schrei, den die Häher ausstießen, lachte das Schakern der Elstern, brach metallisch das berstende Gocken der Fasanen. Manchmal drang das gellend kurze Aufjubeln eines Spechtes durch alle die Stimmen. Falkenruf schrillte hell und dringend über den Baumwipfeln, und andauernd ließ sich der heisere Chor der Krähen vernehmen.

Das Kleine verstand keinen einzigen von den vielen Gesängen und Zurufen, kein Wort von den Gesprächen. Es hörte noch gar nicht darauf. Es nahm auch noch keinen einzigen von all den Gerüchen wahr, die der Wald atmete. Es hörte nur das leise Knistern, das über sein Röckchen hinlief, während es gewaschen, gewärmt und geküßt wurde, und es roch nichts als den nahen Leib der Mutter.

Eng schmiegte es sich in diese wohlig dunstende Nähe, suchte hungrig daran herum und fand den Quell des Lebens.

Während es trank, fuhr die Mutter fort, das Kleine zu liebkosen. „Bambi“, flüsterte sie.

Dabei hob sie jeden Augenblick das Haupt, ließ die Lauscher spielen und sog den Wind ein.

Dann küßte sie wieder ihr Kind, beruhigt und glücklich. „Bambi“, wiederholte sie, „mein kleiner Bambi.“

Jetzt im Frühsommer standen die Bäume still unter dem blauen Himmel, hielten die Arme ausgebreitet und empfingen die niederströmende Kraft der Sonne. An den Hecken und Sträuchern im Dickicht gingen Blüten auf, weiße, rote oder gelbe Sterne. An manchen wieder begannen schon die Fruchtknospen sichtbar zu werden, zahllos, saßen an den feinen Spitzen der Äste, zart und fest und entschlossen, und sahen aus wie kleine, geballte Fäuste. Aus dem Boden kamen die bunten Sterne vieler und vielfältiger Blumen, so daß die Erde am dämmernden Grunde des Waldes in einer stillen, inbrünstigen Farbenheiterkeit sprühte. Es roch überall nach frischem Laub, nach Blüten, nach feuchter Scholle und nach grünem Holz. Wenn der Morgen anbrach, und wenn die Sonne unterging, klang der ganze Wald von tausend Stimmen, und vom Morgen bis zum Abend sangen die Bienen, summten die Wespen, brausten die Hummeln durch die duftende Stille.

Das waren die Tage, in denen Bambi seine erste Kindheit verlebte.

Er ging hinter seiner Mutter auf einem schmalen Streifen, der mitten durch das Gebüsch lief. Wie angenehm war es, hier zu gehen! Das dichte Laubwerk streichelte ihm sanft die Flanken, bog sich gelind zur Seite. Der Weg schien überall zehnfach versperrt und verrammelt, dennoch kam man in der größten Bequemlichkeit vorwärts. Überall gab es solche Straßen, sie liefen kreuz und quer durch den ganzen Wald. Die Mutter kannte sie alle, und wenn Bambi manchmal vor einem Gestrüpp wie vor einer undurchdringlichen grünen Mauer stand, die Mutter fand immer ohne Zögern und Suchen die Stelle, wo der Weg gebahnt war.

Bambi fragte. Er liebte es, seine Mutter zu fragen. Es war das schönste für ihn, immerfort zu fragen und dann zu hören, was die Mutter zur Antwort gab. Bambi staunte gar nicht, daß ihm beständig und mühelos Fragen über Fragen einfielen.

Er fand das vollkommen natürlich; es entzückte ihn nur sehr. Es entzückte ihn auch, neugierig zu warten, bis die Antwort kam. Mochte sie nun ausfallen, wie sie wollte, er war immer damit zufrieden. Manchmal verstand er sie freilich nicht, aber auch das war schön, weil er immer weiter fragen konnte, wenn er wollte. Manchmal fragte er nicht weiter, und das war wieder schön, weil er dann damit beschäftigt war, sich das, was er nicht verstanden hatte, auf seine eigene Weise auszumalen. Manchmal fühlte er sehr deutlich, daß seine Mutter ihm keine ganze Antwort bot, ihm absichtlich nicht alles sagte, was sie wußte. Und das war erst recht schön. Denn da blieb noch eine so besondere Neugier in ihm zurück, eine Ahnung, die ihn geheimnisvoll und beglückend durchzuckte, ein Erwarten, bei dem ihm bang und heiter in einem Sinne wurde, so sehr, daß er schwieg.

Jetzt fragte er: „Wem gehört diese Straße, Mutter?“

Die Mutter antwortete: „Uns.“

Bambi fragte weiter: „Dir und mir?“

„Ja.“

„Uns beiden?“

„Ja.“

„Uns beiden allein?“

„Nein“, sagte die Mutter, „uns Rehen . . .“

„Was sind das, Rehe?“ fragte Bambi und lachte.

Die Mutter sah sich nach ihm um und lachte auch: „Du bist ein Reh, und ich bin ein Reh. Das sind Rehe. Verstehst du das?“

Bambi sprang in die Höhe vor Lachen. „Ja, ich verstehe das. Ich bin ein kleines Reh, und du bist ein großes Reh. Nicht wahr?“

Die Mutter nickte ihm zu. „Nun, siehst du.“

Bambi wurde wieder ernst: „Gibt es noch andere Rehe als dich und mich?“

„Gewiß“, sagte die Mutter. „Viele.“

„Wo sind sie?“ rief Bambi.

„Hier, überall.“

„Aber . . . ich sehe sie nicht.“

„Du wirst sie schon sehen.“

„Wann?“ Bambi blieb stehen vor lauter Neugier.

„Bald.“ Die Mutter ging ruhig weiter.

Bambi folgte ihr. Er schwieg, denn er grübelte darüber nach, was das wohl bedeuten möge: „Bald.“ Er kam zu dem Ergebnis, „bald“ sei gewiß nicht „gleich“. Aber er wurde sich nicht einig darüber, in welcher Zeit dieses „bald“ aufhöre, „bald“ zu sein, und anfange, „lange“ zu werden. Plötzlich fragte er: „Wer hat diese Straße gemacht?“

„Wir“, gab die Mutter zurück.

Bambi tat erstaunt: „Wir? Du und ich?“

Die Mutter sagte: „Nun, wir . . . wir Rehe.“

Bambi fragte: „Welche?“

„Wir alle“, fertigte ihn die Mutter ab.

Sie gingen weiter. Bambi war vergnügt und hatte Lust, vom Wege abzuspringen, aber er hielt sich brav bei der Mutter. Vor ihnen raschelte es dicht am Boden. In heftiger Bewegung fuhr etwas daher, das die Farnwedel und Lattichblätter verdeckten. Ein fadendünnes Stimmchen pfiff erbärmlich auf, dann war es still. Nur die Blätter und Grashalme bebten an der Stelle noch ruckweise nach. Ein Iltis hatte eine Maus gejagt. Nun kam er vorbeigehuscht, duckte sich seitwärts und machte sich an seine Mahlzeit.

„Was war das?“ fragte Bambi erregt.

„Nichts“, beschwichtigte die Mutter.

„Aber . . .“ Bambi zitterte, „aber . . . ich hab's doch gesehen.“

„Nun ja“, sagte die Mutter, „erschrick nicht. Der Iltis hat die Maus getötet.“

Aber Bambi war furchtbar erschrocken. Ein unbekanntes, großes Entsetzen umklammerte sein Herz. Es dauerte lange, bis er wieder sprechen konnte. Dann fragte er: „Warum hat er die Maus getötet?“

„Weil . . .“ Die Mutter zögerte. „ . . . gehen wir schneller“, sagte sie dann, als sei ihr etwas eingefallen, und als habe sie die Frage vergessen. Sie begann zu trollen. Bambi hüpfte hinter ihr drein.

Eine lange Pause verstrich; sie schritten wieder ruhig dahin. Endlich fragte Bambi beklommen: „Werden wir auch einmal eine Maus töten?“

„Nein“, erwiderte die Mutter.

„Nie?“ fragte Bambi.

„Niemals“, war die Antwort.

„Warum nicht?“ fragte Bambi erleichtert.

„Weil wir niemanden töten“, sagte die Mutter einfach.

Bambi wurde wieder heiter.

Von einer jungen Esche, die nahe an ihrem Wege stand, drang ein lautes Kreischen nieder. Die Mutter ging weiter, ohne darauf zu achten. Bambi aber blieb neugierig stehen. Zwei Häher zankten sich da oben in den Zweigen um ein Nest, das sie geplündert hatten.

„Machen Sie, daß Sie weiterkommen, Sie Halunke!“ rief der eine.

„Regen Sie sich doch nicht auf, Sie Narr“, antwortete der andere, „ich habe keine Angst vor Ihnen.“

Der erste tobte: „Suchen Sie sich Ihre Nester selber, Sie Dieb! Ich schlage Ihnen den Schädel ein.“ Er war außer sich. „So eine Gemeinheit!“ keifte er, „so eine Gemeinheit!“

Der andere hatte Bambi bemerkt, flatterte ein paar Zweige herunter und schnarrte ihn an: „Was hast du hier zu gaffen, du Fratz! Pack dich!“

Eingeschüchtert sprang Bambi davon, erreichte dann seine Mutter, ging wieder hinter ihr drein, sittsam und verschreckt, und glaubte, daß sie sein Zurückbleiben gar nicht bemerkt habe.

Nach einer Weile fragte er: „Mutter . . . was ist das, eine Gemeinheit?“

Die Mutter sagte: „Ich weiß es nicht.“

Bambi überlegte. Dann fing er wieder an: „Mutter, warum sind die beiden so böse zueinander gewesen?“

Die Mutter antwortete: „Sie haben sich wegen des Essens gezankt.“

Bambi fragte: „Werden wir uns auch einmal wegen des Essens zanken?“

„Nein“, sagte die Mutter.

Bambi fragte: „Warum nicht?“

Die Mutter entgegnete: „Es ist genug da für uns alle.“

Bambi wollte noch etwas wissen: „Muttern . . .?“

„Was denn?“

„Werden wir auch einmal böse zueinander sein?“

„Nein, mein Kind“, sagte die Mutter, „bei uns gibt es das nicht.“

Sie gingen weiter. Mit einem Male wurde es ganz hell vor ihnen, strahlend hell. Das grüne Gewirr von Büschen und Sträuchern war zu Ende, die Straße war zu Ende. Nur ein paar Schritte noch, und sie kamen hinaus in die lichte Freiheit, die sich vor ihnen öffnete. Bambi wollte vorwärtsspringen, doch die Mutter blieb stehen.

„Was ist das?“ rief er ungeduldig und schon ganz bezaubert.

„Die Wiese“, antwortete die Mutter.

„Was ist das, die Wiese?“ drängte Bambi.

Die Mutter schnitt ihm das Wort ab. „Das wirst du schon selber sehen.“ Sie war ernst geworden und aufmerksam. Regungslos stand sie, hielt das Haupt hoch, lauschte angespannt, prüfte mit tiefen Atemzügen den Wind und sah ganz streng aus.

„Es ist gut“, sagte sie endlich, „wir können hinaus.“ Bambi sprang los, aber sie sperrte ihm den Weg. „Du wartest, bis ich dich rufe.“ Im Augenblick stand Bambi gehorsam still. „So ist es recht“, lobte die Mutter. „Und nun merke genau, was ich dir sage.“ Bambi hörte, wie erregt die Mutter sprach, und geriet in große Spannung. „Es ist nicht so einfach, auf die Wiese zu gehen“, fuhr die Mutter fort, „es ist eine schwere und gefährliche Sache. Frag' nicht, warum. Du wirst das schon später noch lernen. Für jetzt befolge genau, was ich dir sage. Willst du?“

„Ja“, versprach Bambi.

„Nun gut. Ich gehe also vorerst allein hinaus. Bleibe hier stehen und warte. Und schau' immer auf mich. Behalte mich unaufhörlich im Auge. Wenn du siehst, daß ich wieder zurücklaufe, hier herein, dann machst du kehrt und rennst davon, so schnell du kannst. Ich hole dich schon ein.“ Sie schwieg, schien zu überlegen und fuhr dann eindringlich fort: „Jedenfalls laufe, laufe, was du kannst. Laufe . . . auch wenn etwas geschehen sollte . . . auch wenn du siehst, daß ich . . .

daß ich zu Boden stürze . . . achte nicht auf mich, verstehst du? . . . Was immer du siehst oder hörst . . . nur fort, augenblicklich und so schnell wie möglich . . .! Versprichst du mir das?"

„Ja", sagte Bambi leise.

„Wenn ich dich aber rufe", sprach die Mutter weiter, „kannst du kommen. Draußen auf der Wiese darfst du spielen. Es ist schön draußen, und es wird dir gefallen. Nur . . . du mußt mir auch das versprechen . . . beim ersten Ruf von mir mußt du an meiner Seite sein. Unbedingt! Hörst du?"

„Ja", sagte Bambi noch leiser. Die Mutter sprach so ernst.

Sie redete weiter: „Da draußen . . . wenn ich rufe . . . da darf es kein Umhergaffen geben und kein Fragen, sondern wie der Wind hinter mir drein! Merk' dir das. Ohne Besinnen, ohne Zögern . . . sofort, wenn ich zu laufen anfange, heißt es auf und davon und nicht stillstehen, bis wir wieder hier drinnen sind. Wirst du das nicht vergessen?"

„Nein", sagte Bambi beklommen.

„So will ich jetzt gehen", meinte die Mutter und schien nun etwas ruhiger.

Sie trat hinaus. Bambi, der kein Auge von ihr ließ, sah, wie sie mit langsam hohen Schritten vorwärts ging. Voll Erwartung, voll Furcht und Neugier stand er da. Er sah, wie die Mutter nach allen Seiten lauschte, er sah sie zusammenfahren und fuhr selbst zusammen, bereit, ins Dickicht zurück zu springen. Da wurde die Mutter wieder ruhig, und als eine Minute verging, wurde sie fröhlich. Sie duckte den Hals, streckte ihn lange vor, schaute vergnügt herüber und rief: „Komm!"

Bambi sprang hinaus. Eine ungeheure Freude ergriff ihn so zauberhaft stark, daß er sein Bangen im Nu vergaß. Er hatte im Dickicht nur die grünen Baumwipfel über sich gesehen, und darüber nur manchmal, nur in kleinen Durchblicken, verstreute blaue Sprenkel. Jetzt sah er das ganze Himmelsblau hoch und weit, und das beglückte ihn, ohne daß er wußte, weshalb. Von der Sonne hatte er im Walde nur einzelne, breite Strahlen gekannt oder das zarte Gerinnsel von Licht, das golden durch die Zweige spielt. Jetzt stand er plötzlich in der heißen blendenden Macht, deren unbedingtes Herrschen auf ihn eindrang, stand mitten in dem Glutsegen, der ihm die Augen schloß und das Herz öffnete. Bambi war berauscht; er war vollständig außer sich, er war einfach toll. Unbeholfen sprang er in die Höhe, dreimal, viermal, fünfmal auf dem Fleck, auf dem er stand. Er konnte nicht anders; er mußte. Es riß ihn, in die Höhe zu springen. Seine jungen

Glieder spannten sich so kräftig, sein Atem ging so tief und leicht, und er trank mit dem Atem, trank mit allem Duft der Wiese so viel übermütige Heiterkeit, daß er eben springen mußte. Bambi war ein Kind. Wäre er ein Menschenkind gewesen, so hätte er gejauchzt. Aber er war ein junges Reh, und Rehe können nicht jauchzen, wenigstens nicht auf jene Art, in der die Menschenkinder es tun. Er jauchzte also auf seine Weise. Mit den Beinen, mit dem ganzen Körper, der sich in die Luft schleuderte. Seine Mutter stand dabei und freute sich. Sie sah, daß Bambi toll war. Sie sah, daß er sich in die Höhe warf, unbeholfen wieder auf demselben Fleck niederfiel, verdutzt und berauscht vor sich hin starrte und sich im nächsten Augenblick wieder in die Höhe warf, wieder und wieder. Sie begriff, daß Bambi nur die schmalen Rehstraßen des Waldes kannte, in den kurzen Tagen seines Daseins nur an die Beengtheit des Dickichts gewöhnt war, und daß er sich deshalb nicht vom Fleck rührte, weil er es noch nicht verstand, auf der offenen Wiese frei umher zu laufen. Sie duckte sich in die ausgestreckten Vorderläufe, lachte Bambi eine Sekunde an, war mit einem Schneller weg und sauste im Kreise umher, daß die hohen Grashalme nur so rauschten. Bambi erschrak und blieb regungslos. War das nun ein Zeichen, daß er zurück ins Dickicht sollte? Kümmere dich nicht um mich, hatte die Mutter gesagt, was du auch siehst und hörst; nur fort, so schnell wie möglich! Er wollte kehrtmachen und flüchten, wie es befohlen war. Da kam die Mutter plötzlich angaloppiert; in einem wunderbaren Rauschen fuhr sie daher, ruckte zwei Schritte vor ihm zusammen, duckte sich wie das erstemal, lachte ihn an und rief: „Fang mich doch!“ Und im Hui stob sie davon. Bambi war verblüfft. Was sollte das heißen? Was war denn auf einmal mit der Mutter? Aber da kam sie schon wieder, so rasend schnell, daß man schwindlig werden konnte, stieß ihn mit der Nase in die Flanke, sagte eilig: „Fang mich doch!“ und fegte davon. Bambi stürzte ihr nach. Ein paar Schritte. Aber gleich wurden die Schritte zu leichten Sprüngen. Es trug ihn, er glaubte zu fliegen; es trug ihn von selbst. Raum war da unter seinen Schritten, Raum unter seinen Sprüngen, Raum, Raum. Bambi geriet außer sich. Das Gras rauschte ihm herrlich in die Ohren. Es war köstlich weich, seidig zart, wie es an ihm vorbeistrich. Er jagte im Bogen, warf sich herum und pfeilte in einem neuen Kreis, warf sich wieder herum und flitzte weiter. Die Mutter stand schon eine Weile still, holte Atem und wendete sich nur immer nach der Seite, wo Bambi vorüberflog. Bambi raste.

Plötzlich ging's nicht mehr. Er hielt inne, kam mit zierlich gehobenen Läufen zur Mutter und sah sie glückselig an. Dann spazierten sie wohlgelaunt nebeneinander. Seit er hier draußen war, hatte Bambi den Himmel, die Sonne und die grüne Weite nur mit dem Körper gesehen, nur mit einem geblendeten, trunkenen Blick den Himmel; mit dem wohlig durchwärmten Rücken und den stärkenden Atemzügen die Sonne. Nun erst genoß er mit Augen, die Schritt vor Schritt von neuen Wundern überrumpelt wurden, die Pracht der Wiese. Da war kein Fleckchen Boden sichtbar wie drinnen im Walde. Da drängte sich Halm bei Halm um jedes Pünktchen Platz, schmiegte sich und schwoll in üppiger Pracht, bog sich unter jedem Tritt sanft zur Seite und richtete sich gleich wieder versöhnt empor. Der weite grüne Plan war besternt mit weißen Margeriten, mit den violetten und rot angelaufenen dicken Köpfen des blühenden Klees und mit den prunkvoll leuchtenden Goldknäufen, die der Löwenzahn in die Höhe hielt.

„Sieh nur, Mutter“, rief Bambi, „da fliegt eine Blume davon.“

„Das ist keine Blume“, sagte die Mutter, „das ist ein Schmetterling.“

Bambi sah entzückt dem Falter nach, der sich unendlich zart von einem Halm gelöst hatte und in taumelndem Flug dahinschwebte. Jetzt sah Bambi, daß viele solcher Schmetterlinge in der Luft über die Wiese hinflogen, scheinbar eilig und doch langsam, auf und nieder taumelnd, ein Spiel, das ihn begeisterte. Es sah wirklich aus, als ob es wandernde Blumen wären, lustige Blumen, die auf ihrem Stengel nicht stillhalten wollten und sich aufgemacht hatten, um ein wenig zu tanzen. Oder Blumen, die mit der Sonne herniederkamen, noch keinen Platz hatten und wählerisch umhersuchten, sich herabsenkten, verschwanden, als seien sie schon irgendwo untergekommen, aber gleich wieder emporstiegen, bald nur ein wenig, bald höher, um weiter zu suchen, immer weiter, weil die besten Plätze eben schon besetzt waren.

Bambi blickte ihnen allen nach. Er hätte so gerne einen von ihnen in der Nähe gesehen, hätte so gerne einen einzelnen genauer ins Auge gefaßt, aber das gelang ihm nicht. Sie glitten unaufhörlich ineinander. Er wurde ganz wirr davon.

Wie er dann wieder vor sich zu Boden sah, ergötzte ihn all das tausendfache, behende Leben, das da unter seinen Schritten aufstob. Das sprang und sprühte nach allen Seiten, kam als ein Tumult und Gewimmel zum Vorschein und versank in der nächsten Sekunde wieder in den grünen Grund; aus dem es aufgestiegen war.

„Was ist das, Mutter?“ fragte er.

„Das sind die Kleinen“, antwortete die Mutter.

„Sieh nur“, rief Bambi, „hier springt ein Stückchen Gras. Nein . . . wie hoch es springt!“

„Das ist kein Gras“, erklärte die Mutter, „das ist ein gutes Heupferdchen.“

„Warum springt es so?“ fragte Bambi.

„Weil wir da gehen“, antwortete die Mutter, „. . . es fürchtet sich.“

„Oh!“ Bambi wandte sich zu dem Heupferdchen, das mitten auf dem weißen Teller einer Margerite saß.

„Oh“, sagte Bambi höflich, „Sie brauchen sich nicht zu fürchten, wir tun Ihnen gewiß nichts.“

„Ich fürchte mich nicht“, erwiderte das Heupferdchen mit einer rasselnden Stimme. „Ich bin nur im ersten Augenblick erschrocken, denn ich sprach gerade mit meiner Frau.“

„Entschuldigen Sie, bitte“, sagte Bambi bescheiden. „Wir haben Sie gestört.“

„Das macht nichts“, rasselte das Heupferdchen. „Weil Sie es sind, macht es nichts. Aber man weiß ja nie, wer es ist, der kommt, und man muß sich in acht nehmen.“

„Ich bin nämlich heute zum erstenmal in meinem Leben auf der Wiese“, erzählte Bambi. „Die Mutter hat mir . . .“

Das Heupferdchen stand mit bockig vorgeducktem Kopf da, machte ein ernstes Gesicht und murrte: „Das interessiert mich nicht. Ich habe gar keine Zeit, mit Ihnen zu schwatzen, ich muß jetzt meine Frau suchen. Hopp!“ Und weg war es.

„Hopp“, sagte Bambi verdutzt und bestaunte den hohen Sprung, mit dem es verschwand.

Bambi lief zur Mutter: „Du . . . ich habe mit ihm gesprochen!“

„Mit wem?“ fragte die Mutter.

„Nun, mit dem Heupferdchen“, erzählte Bambi, „ich habe mit ihm gesprochen. Es war so freundlich mit mir. Und es gefällt mir so gut. Es ist so wunderbar grün, und am Ende ist es so durchsichtig, wie kein Blatt es sein kann, auch das feinste nicht.“

„Das sind die Flügel.“

„So?“ Bambi sprach weiter. „Und es hat solch ein ernstes Gesicht, voll Nachdenklichkeit. Aber trotzdem ist es freundlich zu mir gewesen. Und wie es springen kann! Das muß fabelhaft schwer sein. Hopp! sagt es und springt so hoch, daß du es nicht mehr sehen kannst.“

Sie gingen weiter. Die Unterredung mit dem Heupferdchen hatte Bambi erregt und ein wenig ermüdet, denn es war doch das erstemal, daß er mit jemandem Fremden sprach. Er fühlte Hunger und drängte sich an seine Mutter, um sich zu erfrischen.

Als er dann wieder ruhig dastand und eine kurze Weile vor sich hin träumte, in der kleinen, süßen Trunkenheit, die ihn jedesmal umfing, nachdem er sich von seiner Mutter gesättigt hatte, gewahrte er in dem Gewirr der Grashalme eine helle Blume, die sich bewegte. Bambi sah schärfer hin. Nein, das war keine Blume, das war ja ein Schmetterling. Bambi schlich näher.

Der Schmetterling hing träge an einem Halme und bewegte leise seine Flügel.

„Bitte, bleiben Sie sitzen!“ rief ihn Bambi an.

„Warum soll ich denn sitzen bleiben? Ich bin doch ein Schmetterling“, antwortete der Falter erstaunt.

„Ach, bleiben Sie nur ein ganz kleines bißchen sitzen!“, bat Bambi, „ich habe mir schon lange gewünscht, Sie in der Nähe zu sehen. Seien Sie doch so gut.“

„Meinetwegen“, sagte der Weißling, „aber nicht lange.“

Bambi stand vor ihm. „Wie schön Sie sind“, rief er entzückt, „wie wunderschön! Wie eine Blume!“

„Was?“ Der Schmetterling klappte mit den Flügeln. „Wie eine Blume? Nun, in meinen Kreisen herrscht allgemein die Ansicht, daß wir schöner sind als die Blumen.“

Bambi war verwirrt. „Gewiß“, stotterte er, „viel schöner . . . verzeihen Sie . . . ich wollte nur sagen . . .“

„Es ist mir ziemlich gleichgültig, was Sie sagen wollten“, entgegnete der Schmetterling. Er bog affektiert seinen schmalen Leib und spielte eitel mit den zarten Fühlern.

Bambi betrachtete ihn hingerissen. „Wie zierlich Sie sind“, sagte er, „wie fein und zierlich! Und was für eine Pracht, diese weißen Schwingen!“

Der Schmetterling legte die Flügel breit auseinander, dann stellte er sie hoch, daß sie ganz beisammen waren und einem steilen Segel glichen.

„Oh", rief Bambi, „ich verstehe jetzt, daß Sie schöner sind als die Blumen. Außerdem können Sie ja fliegen, und das können die Blumen nicht. Weil sie festgewachsen sind; daran liegt es."

Der Schmetterling erhob sich. „Genug", sagte er. „Ich kann fliegen!" So leicht erhob er sich, daß es gar nicht zu merken und nicht zu begreifen war. Seine weißen Flügel bewegten sich sanft, voll Anmut, da schwebte er schon in der sonnigen Luft. „Nur Ihnen zuliebe bin ich so lange sitzen geblieben", sagte er und gaukelte vor Bambi auf und nieder, „aber jetzt fliege ich fort."

Das war die Wiese.

Tief im Dickicht gab es ein Plätzchen, das Bambis Mutter gehörte. Es lag nur ein paar Schritte abseits von der schmalen Straße der Rehe, die hier den Wald durchlief, aber es war kaum zu finden, wenn man den kleinen Einschlupf im dichten Buschwerk nicht kannte.

Eine ganze enge Kammer war es, so eng, daß nur die Mutter und Bambi darin ein wenig Raum hatten, und so niedrig, daß Bambis Mutter, wenn sie stand, das Haupt schon mitten in den Zweigen barg. Haselstrauch, Stechginster und Hartriegel wuchsen hier ineinander und fingen das wenige Sonnenlicht, das durch die Baumwipfel kam, so daß es niemals bis zum Boden dringen konnte. Hier in dieser Kammer war Bambi zur Welt gekommen und hier war seine und seiner Mutter Wohnung.

Die Mutter lag jetzt an die Erde gedrückt und schlief. Auch Bambi hatte ein wenig geschlummert. Nun war er plötzlich ganz munter geworden. Er stand auf und blickte umher.

Hier innen dämmerten die Schatten, daß es beinahe dunkelte. Man hörte den Wald leise rauschen. Hin und wieder zirpten die Meisen, hier und da klang das helle Auflachen eines Spechtes oder der freudlose Ruf einer Krähe. Sonst war alles still, weit und breit. Nur die Luft kochte in der Hitze des Mittags, und das konnte man vernehmen, wenn man aufmerksam lauschte. Hier innen war es dunstig zum Verschmachten.

Bambi sah zur Mutter nieder: „Schläfst du?"

Nein, die Mutter schlief nicht. Sie war sofort erwacht, als Bambi sich erhoben hatte.

„Was tun wir jetzt?“ fragte Bambi.

„Nichts“, antwortete die Mutter, „wir bleiben, wo wir sind. Leg' dich schön hin und schlafe.“

Aber Bambi hatte keine Lust zu schlafen. „Komm“, bat er, „komm auf die Wiese.“

Die Mutter hob das Haupt: „Auf die Wiese? Jetzt . . . auf die Wiese . . .?“ Sie sprach so erstaunt und so voll Schrecken, daß Bambi ganz ängstlich wurde.

„Kann man denn jetzt nicht auf die Wiese?“ fragte er schüchtern.

„Nein“, gab die Mutter zur Antwort, und es klang sehr entschieden. „Nein, das ist jetzt nicht möglich.“

„Warum?“ Bambi merkte, daß hier etwas Unheimliches im Spiele sei. Er wurde noch ängstlicher, zugleich aber reizte es ihn, alles zu erfahren. „Warum kann man jetzt nicht auf die Wiese?“

„Du wirst das später alles kennenlernen, wenn du etwas älter bist . . .“, beschwichtigte die Mutter.

Bambi drängte: „Sag' mir's doch lieber jetzt.“

„Später“, wiederholte die Mutter. „Jetzt bist du noch ein kleines Kind“, fuhr sie zärtlich fort, „und mit Kindern redet man nicht von solchen Dingen.“ Sie war ganz ernst geworden. „Jetzt . . . auf die Wiese . . . ich mag nicht einmal daran denken. Am hellichten Tag . . .!“

„Aber“, wendete Bambi ein, „als wir auf die Wiese gingen, war es ja auch heller Tag.“

„Das ist etwas anderes“, erklärte die Mutter, „es war am frühen Morgen.“

„Darf man nur am frühen Morgen hin?“ Bambi war zu neugierig.

Die Mutter hatte Geduld. „Nur am frühen Morgen oder am späten Abend . . . oder des Nachts . . .“

„Und nie bei Tag? Niemals . . .?“

Die Mutter zögerte. „Doch“, sagte sie endlich, „manchmal . . . einige von uns gehen manchmal auch bei Tag hinaus. Aber das sind besondere Umstände . . .

ich kann dir das nicht so erklären . . . du bist noch zu klein . . . manche gehen . . . aber sie sind dabei in der größten Gefahr . . ."

„Wieso sind sie in Gefahr?" Bambi war nun ganz voll Spannung.

Die Mutter jedoch wollte nicht recht mit der Sprache heraus. „Sie sind eben in Gefahr . . . du hörst ja, mein Kind, daß du diese Dinge jetzt noch nicht begreifen kannst . . ."

Bambi dachte, daß er alles begreifen könne, nur nicht, warum ihm die Mutter keine genaue Auskunft geben wollte. Aber er schwieg.

„Wir müssen so leben", sprach die Mutter weiter, „wir alle. Wenn wir auch den Tag lieben . . . und wir lieben den Tag, besonders in unserer Kindheit . . . wir müssen doch so leben, daß wir uns bei Tag stillhalten. Erst vom Abend bis zum Morgen dürfen wir umhergehen. Verstehst du das?"

„Ja."

„Nun, mein Kind, deshalb müssen wir jetzt hier bleiben, wo wir sind. Hier sind wir sicher. So! Und nun leg' dich wieder hin und schlafe."

Doch Bambi wollte sich jetzt nicht hinlegen. „Warum sind wir hier sicher?" fragte er.

„Weil alle Sträucher uns bewachen, weil die Zweige an den Büschen knistern, weil das dürre Reisig am Boden knackt und uns warnt, weil das welke Laub vom vorigen Jahre auf der Erde liegt und raschelt, um uns ein Zeichen zu geben . . . weil der Häher da ist und die Elster ebenso, die Wache halten, und weil wir dadurch schon von weitem wissen, wenn jemand kommt . . ."

„Was ist das", erkundigte sich Bambi, „das Laub vom vorigen Jahre?"

„Komm, setze dich zu mir", sagte die Mutter, „ich will es dir erzählen." Da setzte sich Bambi willig hin, schmiegte sich dicht an die Mutter, und sie erzählte ihm, daß die Bäume nicht immer grün bleiben, daß die Sonne und die schöne Wärme verschwinden. Dann wird es kalt, die Blätter werden gelb vor Frost, braun und rot, und sie fallen langsam ab, so daß die Bäume wie die Sträucher die kahlen Äste zum Himmel strecken und vollständig verarmt aussehen. Die welken Blätter aber liegen am Boden, und wenn ein Fuß sie berührt, so rascheln sie: Es kommt jemand! Oh, sie sind gut, diese dürren Blätter vom vorigen Jahre. Sie leisten treffliche Dienste, so eifrig und so wachsam wie sie sind. Jetzt noch, mitten im Sommer, halten sich viele von ihnen unter dem jungen Bodenwuchs versteckt und warnen schon von weitem vor jeder Gefahr.

Bambi drückte sich eng an die Mutter. Er vergaß die Wiese. Es war so behaglich, hier zu sitzen und zuzuhören, wenn die Mutter erzählte.

Als dann die Mutter schwieg, dachte er nach. Er fand es zu lieb von den guten, alten Blättern, daß sie so fleißig aufpaßten, obwohl sie doch welk und erfroren waren und schon so viel durchgemacht hatten. Er überlegte, was das wohl eigentlich sein könnte, die Gefahr, von der die Mutter immer redete. Aber das viele Nachdenken strengte ihn an; es war still ringsumher, man hörte nur, wie die Luft kochte vor Hitze. Und er schlief ein.

Als er eines Abends mit seiner Mutter wieder hinaus auf die Wiese trat, glaubte er, daß er nun alles kenne, was es da zu sehen und zu hören gab. Allein es zeigte sich, daß er im Leben doch nicht so gut Bescheid wußte, wie er gemeint hatte.

Zunächst war es ja wie beim erstenmal. Bambi durfte mit der Mutter Fangen spielen. Er fuhr im Kreise umher, und der weite Raum, der hohe Himmel, die freie Luft erfüllten ihn wieder mit einem Rausch, daß er ganz rasend wurde. Nach einer Weile merkte er, daß die Mutter stillstand. Er hielt mitten in einem Bogen inne, so plötzlich, daß seine vier Beine weit auseinander grätschten. Um sich einen anständigeren Halt zu geben, tat er einen hohen Luftsprung, und nun stand er richtig. Die Mutter drüben schien mit jemandem zu sprechen, aber es ließ sich im hohen Grase nicht ausnehmen, wer das sei. Neugierig trollte Bambi näher. Da bewegten sich im Gewirr der Halme dicht vor der Mutter zwei lange Ohren. Graubraun waren sie und mit schwarzen Streifen hübsch gezeichnet. Bambi stutzte, aber die Mutter sagte: „Komm nur her, das ist unser Freund Hase . . . komm nur ruhig her und laß dich anschauen."

Bambi ging sogleich ganz heran. Da saß nun der Hase und war sehr honett anzuschauen. Seine langen Löffelohren stiegen mächtig hoch empor und fielen dann wieder ganz schlapp herunter, wie von einer plötzlichen Schwäche angewandelt. Bambi wurde ein bißchen bedenklich, als er den Schnauzbart erblickte, der dem Hasen so stramm und gerade nach allen Seiten den Mund umstarrte. Aber er bemerkte, daß der Hase ein sehr sanftes Gesicht hatte, überaus gutmütige Züge, und daß er aus seinen großen, runden Augen bescheidene Blicke auf die Welt richtete. Er sah wirklich aus wie ein Freund, der Hase. Bambis flüchtige Bedenken verschwanden sofort. Merkwürdigerweise verlor sich sogar der Respekt, den er anfänglich empfunden hatte, alsbald vollständig.

„Guten Abend, junger Herr“, grüßte der Hase mit ausgesuchter Höflichkeit.

Bambi nickte nur „guten Abend“. Er wußte nicht, warum, aber er nickte nur. Sehr freundlich, sehr artig, doch ein wenig herablassend. Er konnte nicht anders. Vielleicht war es ihm angeboren.

„Was für ein hübscher junger Prinz!“ sagte der Hase zur Mutter. Er betrachtete Bambi aufmerksam, stellte dabei bald das eine Löffelohr hoch, bald das andere, bald wieder alle beide, und manchmal ließ er sie schnell und schlapp herunterfallen, was aber Bambi nicht gefiel. Diese Gebärde schien zu sagen: es lohnt nicht.

Indessen fuhr der Hase fort, Bambi mit großen, runden Augen sanft zu betrachten. Seine Nase und sein Mund mit dem prächtigen Schnauzbart bewegten sich dabei unaufhörlich, wie jemand mit Nase und Lippen zuckt, der gegen das Niesen kämpfen will. Bambi mußte lachen. Sogleich lachte auch der Hase bereitwillig, nur seine Augen wurden nachdenklicher. „Ich beglückwünsche Sie“, sagte er zur Mutter, „aufrichtig beglückwünsche ich Sie zu diesem Sohn. Ja, ja, ja . . . das wird einmal ein prächtiger Prinz . . . ja, ja, ja, so was sieht man gleich.“

Er richtete sich in die Höhe und saß nun in den Hinterbeinen aufrecht da, worüber Bambi maßlos erstaunte. Nachdem er mit steilen Ohren und großartig bewegter Nase überall umhergespäht hatte, saß er wieder manierlich auf allen vieren. „Ja, nun empfehle ich mich den verehrten Herrschaften“, sagte er, “ich habe noch allerlei zu tun heute abend . . . untertänig empfehle ich mich.“ Er machte kehrt und hoppelte davon, mit angedrückten Ohren, die ihm bis zur Schulter reichten.

„Guten Abend“, rief ihm Bambi nach.

Die Mutter lächelte: „Der gute Hase . . . so schlicht und so bescheiden. Er hat es auch nicht leicht auf der Welt.“ Es war Sympathie in ihren Worten.

Bambi spazierte ein wenig umher und überließ seine Mutter ihrer Mahlzeit. Er hoffte seinen Bekannten vom erstenmal wieder zu begegnen und war auch gerne bereit, neue Bekanntschaften zu machen. Denn ohne daß es ihm recht deutlich wurde, was ihm eigentlich fehle, war doch beständig ein Erwarten in ihm. Plötzlich hörte er von ferne ein feines Rauschen auf der Wiese, spürte ein leises rasches Klopfen, das den Boden berührte. Er sah auf. Dort drüben, am anderen Saume des Waldes, huschte etwas durchs Gras. Ein Wesen ... nein ... zwei! Bambi warf einen schnellen Blick auf seine Mutter, doch die kümmerte sich um nichts, sondern hatte den Kopf tief im Grase stecken. Dort drüben jedoch ging's in jagenden Kreisen rundum, genau so, wie er selbst vorhin im Kreise umhergetobt hatte. Bambi war so verblüfft, daß er einen Satz nach rückwärts machte, als wollte er entfliehen. Dadurch wurde die Mutter aufmerksam und hob das Haupt.

„Was ist dir denn?“ rief sie.

Aber Bambi war sprachlos, er fand keine Worte und stammelte nur: „Dort ... dort ...“

Die Mutter schaute hinüber. „Ach so“, sagte sie, „das ist meine Base, und, richtig, auch sie hat jetzt ein Kindchen ... nein, sie hat zwei.“ Die Mutter hatte voll Heiterkeit gesprochen, nun wurde sie ernst: „Nein ... daß Ena zwei Kinder hat ... wirklich zwei ...“

Bambi stand und gaffte. Dort drüben sah er jetzt eine Gestalt, die genau seiner Mutter glich. Er hatte sie früher gar nicht bemerkt. Er sah, wie es dort drüben weiter in Doppelkreisen durchs Gras dahinfuhr, aber nur die roten Rücken waren sichtbar, dünne rote Streifen.

„Komm“, sagte die Mutter, „wir wollen hingehen, da ist einmal Gesellschaft für dich.“

Bambi wollte laufen, weil aber die Mutter ganz langsam ging und bei jedem Schritt nach allen Seiten umherspähte, hielt auch er sich zurück. Doch er war in der heftigsten Aufregung und sehr ungeduldig.

Die Mutter redete weiter. „Ich habe mir schon gedacht, daß wir Ena doch einmal treffen müßten. Wo steckt sie nur? habe ich mir gedacht. Ich wußte doch, daß sie auch ein Kind hat. Nun, das war leicht zu erraten. Aber daß es zwei Kinder sind ...“

Sie waren längst bemerkt worden, und die anderen kamen ihnen entgegen. Bambi mußte die Tante begrüßen, aber er hatte nur Augen für ihre Kinder.

Die Tante war sehr freundlich. „Ja“, sprach sie zu ihm, „das ist nun Gobo, und das ist Faline. Ihr könnt immer miteinander spielen.“

Die Kinder standen steif und still und starrten sich an. Gobo eng bei Faline, Bambi ihnen gegenüber. Keines rührte sich. Sie standen und gafften.

„Laß nur", sagte die Mutter, „sie werden sich schon befreunden."

„Was für ein hübsches Kind", erwiderte Tante Ena, „wahrhaftig, ganz besonders hübsch. So kräftig und so gut in der Haltung . . ."

„Nun, es geht", meinte die Mutter bescheiden. „Man muß zufrieden sein. Aber daß du zwei Kinder hast, Ena . . ."

„Ja, das ist mal so, mal so", erklärte Ena. „Du weißt ja, meine Liebe, ich habe schon öfters Kinder gehabt . . ."

Die Mutter sagte: „Bambi ist mein erstes . . ."

„Siehst du", tröstete Ena, „vielleicht kommt es nächstens auch bei dir einmal anders . . ."

Die Kinder standen noch immer und betrachteten einander. Keines sagte ein Wort. Plötzlich machte Faline einen Sprung und fegte davon. Die Sache war ihr zu langweilig geworden.

Augenblicklich stürzte sich Bambi hinter ihr her. Gobo folgte sogleich. Sie flogen in halben Kreisen, sie machten blitzschnell kehrt, purzelten übereinander, jagten kreuz und quer. Es ging prächtig. Als sie dann unvermittelt und ein wenig atemlos stehen blieben, waren sie schon ganz vertraut miteinander. Sie begannen zu schwatzen.

Bambi erzählte, daß er mit dem guten Heupferdchen und mit dem Weißling gesprochen habe.

„Hast du auch mit dem Goldkäfer geredet?" fragte Faline.

Nein, mit dem Goldkäfer hatte Bambi nicht gesprochen. Er kannte ihn gar nicht, wußte nicht, wer das sei.

„Ich rede oft mit ihm", erklärte Faline ein wenig patzig.

„Mich hat der Häher geschimpft", sagte Bambi.

„Wirklich?" staunte Gobo. „Ist der Häher so frech zu dir gewesen?" Gobo war sehr leicht verwundert, und er war außerordentlich bescheiden.

„Nun", bemerkte er, „mich hat der Igel in die Nase gestochen." Aber er erwähnte das gleichsam nur nebenbei.

„Wer ist der Igel?“ erkundigte sich Bambi glücklich. Es schien ihm wunderbar, so dazustehen, Freunde zu haben und so viele spannende Dinge zu hören.

„Der Igel ist ein fürchterliches Geschöpf“, rief Faline. „Voll großer Stacheln am ganzen Körper . . . und dazu noch sehr böse!“

„Glaubst du wirklich, daß er böse ist?“ fragte Gobo. „Er tut doch niemandem etwas zuleide.“

„So?“ erwiderte Faline schnell, „hat er dich vielleicht nicht gestochen?“

„Ach, das war nur, weil ich mit ihm reden wollte“, wendete Gobo ein, „und nur ein kleines bißchen. Es hat nicht sehr weh getan.“

Bambi wandte sich an Gobo: „Warum wollte er denn nicht, daß du mit ihm redest?“

„Er will mit niemandem reden“, mengte sich Faline ein. „Sowie man nur in seine Nähe kommt, rollt er sich zusammen, und dann siehst du von allen Seiten nur seine Stacheln. Unsere Mutter sagt, er ist so einer, der mit der Welt nichts zu tun haben will.“

Gobo meinte: „Vielleicht fürchtet er sich nur.“

Aber Faline verstand das besser: „Die Mutter sagt, mit so jemandem soll man sich gar nicht einlassen.“

Bambi begann auf einmal leise zu Gobo: „Weißt du, was das ist . . . die Gefahr?“

Jetzt wurden auch die beiden andern ernst, und alle drei steckten die Köpfe zusammen.

Gobo dachte nach. Er gab sich aufrichtig Mühe, es zu wissen, denn er sah wohl, wie neugierig Bambi auf die Antwort wartete. „Die Gefahr . . .“ flüsterte er, „die Gefahr . . .das ist etwas sehr Schlimmes . . .“

„Ja“, drängte Bambi erregt, „etwas sehr Schlimmes . . . aber was?“

Sie bebten alle drei vor Grauen.

Plötzlich rief Faline laut und fröhlich: „Die Gefahr ist . . . wenn man davonlaufen muß . . .“ Sie sprang fort; sie mochte nicht dastehen und Angst haben. Bambi und Gobo sprangen ihr sogleich nach. Sie fingen wieder an zu spielen, tummelten sich in der grünen, rauschenden Seide der Wiese und hatten die ernste Frage im Nu vergessen. Nach einer Weile hielten sie inne und standen wie vorhin beisammen, um zu plaudern. Sie blickten zu ihren Müttern hinüber. Die waren ebenso nett beieinander, aßen ein wenig und unterhielten sich in einem ruhigen Gespräch.

Tante Ena hob das Haupt und rief zu ihren Kindern her: „Gobo! Faline! Nun müssen wir bald gehen . . ."

Auch die Mutter mahnte Bambi: „Komm jetzt . . .es ist Zeit."

„Noch eine Weile", bat Faline stürmisch, „noch eine kleine Weile."

Bambi flehte: „Bleiben wir noch! Bitte! Es ist so schön!"

Und Gobo wiederholte bescheiden: „Es ist so schön . . . noch eine Weile."

Sie sprachen alle drei zugleich.

Ena sah die Mutter an: „Nun, hab' ich's nicht gesagt? Jetzt wollen sie sich nicht voneinander trennen."

Da geschah noch etwas, und es war viel größer als all das viele andere, das Bambi heute schon erlebt hatte.

Vom Walde her drang klopfendes Stampfen den Erdboden entlang. Äste knackten, Zweige rauschten, und bevor man noch die Ohren spitzen konnte, brach es aus dem Dickicht hervor. Der eine in Rauschen und Prasseln, der andere im Saus hintendrein. Wie der Sturmwind rasten sie hervor, vollführten einen weiten Bogen auf der Wiese, tauchten in den Wald zurück, wo man sie galoppieren hörte, kamen noch einmal aus dem Dickicht gebraust und standen plötzlich still, an zwanzig Schritte voneinander entfernt.

Bambi schaute sie an und regte sich nicht. Sie sahen wohl aus wie Mutter und Tante Ena. Doch auf ihren Häuptern blitzte die Krone des Gehörns, in braunen Perlen und hellen weißen Zinken. Bambi war ganz betäubt; er blickte von einem zum andern. Der eine war kleiner, und auch seine Krone war geringer. Aber der andere war gebieterisch schön. Er trug das Haupt hoch, und hoch ragte darauf die Krone. Die funkelte vom Dunkeln ins Helle, war verziert mit der Pracht vieler schwarzer und brauner Perlen und mit weitgestreckten, schimmernd weißen Enden.

„Oh!" rief Faline in Bewunderung. Gobo wiederholte leise: „Oh!" Bambi aber sagte gar nichts. Er war hingerissen und stumm.

Jetzt bewegten sich die beiden, wandten sich voneinander ab, jeder nach einer anderen Seite, und gingen langsam in den Wald zurück. Der Gebietende kam ganz nahe an die Kinder, die Mutter und Tante Ena heran. In stiller Pracht schritt er vorüber, trug das geadelte Haupt königlich ernst erhoben und würdigte niemanden eines Blickes. Die Kinder wagten nicht zu atmen, bis er im Dickicht verschwunden war. Sie schauten sich nach dem andern um, aber gerade in diesem Augenblick schlossen sich die grünen Türen des Waldes hinter ihm.

Faline war die erste, die das Schweigen brach. „Wer war das?“ rief sie. Aber ihre kleine, kecke Stimme bebte.

Kaum hörbar wiederholte Gobo: „Wer war das?“

Bambi schwieg.

Tante Ena sagte feierlich: „Das waren die Väter.“

Sonst wurde nichts mehr gesprochen, und man trennte sich.

Tante Ena zog mit ihren Kindern gleich hier ins nächste Gebüsch. Es war ihr Weg. Bambi mußte mit der Mutter über die ganze Wiese zur Eiche, um die gewohnte Straße zu gewinnen. Er schwieg lange. Endlich fragte er: „Haben sie uns nicht gesehen?“

Die Mutter verstand, was er meinte, und erwiderte: „Gewiß. Sie sehen alles.“

Bambi fühlte sich beklommen; er scheute sich, Fragen zu stellen, aber es drängte ihn zu gewaltig. Er setzte an: „ . . . Warum . . .“ und schwieg.

Die Mutter half ihm: „Was willst du sagen, mein Kind?“

„Warum sind sie nicht bei uns geblieben?“

„Sie bleiben nicht bei uns“, antwortete die Mutter, „nur zuzeiten . . .“

Bambi fuhr fort: „Warum haben sie nicht mit uns gesprochen?“

Die Mutter sagte: „Jetzt sprechen sie nicht mit uns . . . nur zuzeiten . . . Man muß warten, bis sie kommen, und man muß warten, bis sie zu uns reden . . . wie es ihnen gefällt.“

Mit bestürmtem Gemüt fragte Bambi: „Wird mein Vater mit mir sprechen?“

„Gewiß, mein Kind“, verhieß ihm die Mutter, „wenn du erwachsen bist, wird er mit dir sprechen, und du wirst manchmal bei ihm sein dürfen.“

Bambi ging schweigend neben der Mutter, sein ganzes Sinnen erfüllt von der Erscheinung des Vaters. „Wie schön er ist!“ dachte er und immer wieder: „Wie schön er ist!“

Als ob die Mutter seine Gedanken hören könnte, sagte sie: „Wenn du am Leben bleibst, mein Kind, wenn du klug bist, die Gefahr vermeidest, dann wirst du auch einmal so stark und schön sein wie der Vater und wirst auch eine solche Krone tragen wie er.“

Bambi atmete tief. Das Herz wurde ihm weit vor Glück und Ahnung.

Die Zeit verstreicht, und Bambi macht viele Erfahrungen, hat hundert Erlebnisse. Manchmal wird ihm ganz wirbelig, weil er so unglaublich viel zu lernen hat.

Er kann jetzt schon lauschen. Nicht bloß hören, was so nahe geschieht, daß es einem von selbst in die Ohren knallt. Nein, dabei ist wahrhaftig keine Kunst. Sondern er kann richtig, mit Vernunft lauschen auf alles, was sich noch so leise regt, auf jedes feine Knistern, das der Wind herbeiträgt. Er weiß zum Beispiel, daß dort ein Fasan durchs Gebüsch läuft; er kennt das zarte Trippeln, das immer wieder innehält, ganz genau. Auch die Waldmäuse erkennt er nach dem Gehör, wenn sie hin und her rennen, an den kurzen Wegen, die sie machen. Dann die Maulwürfe, wenn sie gut gelaunt sind und sich unter einem Holunderstrauch im Kreise jagen, daß es nur so raschelt. Er kennt den kühnen, hellen Ruf der Falken, und er hört an ihrem zornig veränderten Ton, wenn ein Habicht oder ein Adler daherkommt, daß sie nun zürnen, weil sie fürchten, ihr Gebiet soll ihnen genommen werden. Er kennt das Flügelklatschen der Waldtauben, das schöne, ferne Schwingenbrausen der Enten und noch vieles andere.

Er versteht es jetzt auch allmählich, zu wittern. Bald wird er es so gut verstehen wie seine Mutter. Er kann die Luft einziehen und sie gleichsam mit dem Verstande zerlegen. Oh, das ist Klee und Rispe, denkt er, wenn der Wind von der Wiese her weht; ja, und dort ist jetzt auch Freund Hase draußen; ich merke es wohl. Dann wieder erkennt er mitten in den Gerüchen von Laub, Erde, Lauch und Waldmeister, daß irgendwo der Iltis vorübergeht, erkennt, wenn er die Nase zu Boden senkt und gründlich prüft, daß da der Fuchs unterwegs gewesen ist, oder er merkt: hier irgendwo sind die Verwandten in der Nähe, Tante Ena mit den Kindern.

Er ist nun völlig vertraut mit der Nacht, und er hat jetzt nicht mehr so großes Verlangen danach, am hellichten Tage umherzurennen. Ganz gerne liegt er jetzt untertags in der kleinen, dämmerigen Laubkammer bei seiner Mutter. Er hört die Luft kochen vor Hitze, und er schläft. Von Zeit zu Zeit wacht er auf, lauscht und wittert, wie es sich gehört. Alles ist in Ordnung. Nur die kleinen Meisen schwatzen ein wenig miteinander, die Grasmücken, die beinahe niemals schweigen können, unterhalten sich, und die Holztauben hören nicht auf, ihre enthusiastischen Zärtlichkeiten zu deklamieren. Was geht ihn das an? Er schläft wieder ein.

Die Nacht gefällt ihm jetzt sehr. Alles ist munter, alles in Bewegung. Natürlich muß man auch des Nachts achtgeben, aber man ist doch argloser und geht überallhin, wo man will. Und man trifft überall Bekannte, die gleichfalls alle sorgloser sind als sonst. In der Nacht ist der Wald feierlich und still. Es gibt nur ein paar Stimmen, die laut werden in dieser Stille, aber sie klingen anders als die Stimmen des Tages, und sie machen mehr Eindruck. Bambi mag die Eule gern leiden. Sie hat einen so vornehmen Flug, ganz lautlos, ganz leicht. Ein Schmetterling macht ebensowenig Geräusch wie sie, und dabei ist sie so mächtig groß. Sie hat auch ein so bedeutendes Gesicht, so bestimmt, so überaus gedankenvoll, und sie hat herrliche Augen. Bambi bewundert ihren festen, ruhig tapferen Blick. Er hört gerne zu, wenn sie einmal mit der Mutter oder mit sonst jemandem spricht. Er steht ein wenig abseits, fürchtet sich ein wenig vor dem gebieterischen Blick, den er so sehr bewundert, begreift auch nicht viel von den klugen Dingen, die sie sagt, aber er weiß, daß es kluge Dinge sind, und das entzückt ihn, erfüllt ihn mit Verehrung für die Eule. Dann beginnt die Eule ihren Gesang. Haa-ah – – hahaha – – haa-ah! singt sie. Es klingt anders als das Lied der Drossel oder des Pirols, anders als der freundliche Wahlspruch des Kuckucks, aber Bambi liebt den Gesang der Eule, denn er fühlt einen geheimnisvollen Ernst darin, eine unsagbare Klugheit und eine rätselhafte Wehmut. Dann ist noch der Waldkauz da, ein reizender kleiner Bursche. Pfiffig, fidel und über die Maßen neugierig. Er ist darauf versessen, Aufsehen zu erregen. Uj–iik! Uj–iik! ruft er mit einer ganz zerpreßten, fürchterlich gellenden Stimme. Es hört sich an, als sei er in Todesnot. Aber er ist in glänzender Laune und freut sich rasend, wenn jemand erschrickt. Uj–iik! schreit er so fürchterlich laut, daß man es im Walde eine halbe Stunde weit hört. Hinterdrein aber lacht er ein leises Gurren in sich hinein, und das hört man nur, wenn man dicht in seiner Nähe steht. Bambi ist dahintergekommen, daß der Waldkauz sich freut, wenn man erschrickt, oder wenn man glaubt, es sei ihm etwas Schlimmes passiert. Seither versäumt Bambi niemals, wenn er gerade in der Nähe ist, herbeizustürzen und zu fragen: „Ist Ihnen etwas zugestoßen?“, oder er sagt mit einem Seufzer: „Ach, wie bin ich jetzt erschrocken!“ Dann wird der Waldkauz vergnügt. „Ja, ja“, sagt er lachend, „es klingt ganz jammervoll." Er plustert die Federn auf, sieht aus wie eine graue, weiche Kugel und ist bezaubernd hübsch.

Auch Gewitter hat es ein paarmal gegeben. Bei Tage und bei Nacht. Das erstemal war es bei Tage, und Bambi fühlte, wie ihm ängstlich zumute wurde, als es in seiner Laubkammer tiefer und tiefer dämmerte. Ihm war, als sei die Nacht mitten am Tage vom Himmel heruntergefallen. Als dann der Sturm brüllend den Wald durchwühlte, daß die stummen Bäume laut zu ächzen begannen, zitterte Bambi vor Angst. Und als die Blitze aufleuchteten, als der Donner krachte, war Bambi besinnungslos vor Entsetzen und glaubte, nun werde die Welt in Stücke gerissen. Er lief hinter seiner Mutter drein, die ein wenig verwirrt aufgesprungen war und im Dickicht hin und her ging. Er konnte nicht denken, konnte sich nicht fassen. Dann stürzte der Regen in wütenden Güssen nieder. Alles hatte sich verkrochen, der Wald war wie leer, und es gab kein Entrinnen. Selbst im dichtesten Buschwerk wurde man vom herabsausenden Wasser gepeitscht. Aber die Blitze hörten auf, ihr feuriger Strahl flammte nicht mehr durch die Baumwipfel; der Donner entfernte sich, man hörte ihn nur noch von weitem murren, und bald schwieg er gänzlich. Nun wurde der Regen sanfter. Sein breites Rauschen tönte gleichmäßig und kräftig noch eine Stunde, der Wald stand tiefatmend in der Windstille und ließ sich übergießen, und niemand mehr hatte Angst auszustehen. Dieses Gefühl war vorbei, der Regen wusch es hinweg.

Noch nie war die Mutter mit Bambi so zeitig auf die Wiese gegangen wie an diesem Abend. Eigentlich war es noch gar nicht Abend. Die Sonne stand noch hoch am Himmel, die Luft war kraftvoll frisch, sie duftete stärker als sonst, und der Wald sang mit tausend Stimmen, denn alle waren aus ihren Verstecken hervorgekommen und eilten umher und ereiferten sich, um einander zu erzählen, was sie erlebt hatten.

Ehe sie auf die Wiese traten, kamen sie an der großen Eiche vorbei, die knapp am Waldrand stand, dicht an ihrer Straße. Sie mußten immer an diesem schönen, großen Baum vorüber, wenn sie auf die Wiese gingen. Jetzt saß das Eichhörnchen auf einem Ast und begrüßte sie. Bambi lebte mit dem Eichhörnchen in heiterer Freundschaft. Er hatte es wegen seines roten Röckchens bei der ersten Begegnung für ein ganz kleines Reh gehalten und es verblüfft angestarrt. Aber Bambi war damals wirklich noch zu kindisch und verstand sich einfach auf gar nichts. Gleich von Anfang hatte ihm das Eichhörnchen ausnehmend gefallen. Es war so überaus manierlich, so angenehm gesprächig, und Bambi ergötzte sich daran, wie wunderbar es zu turnen, zu klettern, zu springen und zu balancieren verstand. Da lief es mitten im Gespräch den glatten Baumstamm auf und nieder, als ob das gar nichts wäre. Da saß es aufrecht auf einem schwankenden Ast, lehnte sich bequem an seine buschige Fahne, die hinter ihm anmutig in die Höhe ragte, zeigte seine weiße Brust, agierte zierlich mit den kleinen Vorderpfoten, drehte das Köpfchen hin und her, lachte mit den fröhlichen Augen und sagte im Nu eine Menge scherzhafte oder interessante Dinge. Jetzt eben kam es wieder herab, so schnell und in solchen Sprüngen, daß man denken mußte, es werde einem auf den Kopf purzeln. Heftig schwenkte es seine lange rote Fahne und grüßte schon von hoch oben: „Guten Tag! Guten Tag! Das ist aber nett, daß Sie vorüberkommen!"

Die Mutter und Bambi blieben stehen.

Das Eichhörnchen lief den glatten Stamm herunter. „Nun", plauderte es, „. . . haben Sie die Sache gut überstanden? Natürlich, ich sehe ja, daß alles in schönster Ordnung ist. Das bleibt schließlich die Hauptsache." Es rannte blitzschnell wieder am Stamm empor und sagte dabei: „Nein, da unten ist es mir doch zu naß. Warten Sie, ich suche mir einen Platz, wo es besser ist. Das stört Sie doch hoffentlich nicht? Vielen Dank! Ich dachte, daß es Sie nicht stört. Und man kann ja auch von hier aus miteinander sprechen."

Es lief auf einem geraden Zweig hin und her. „Eine Wirtschaft war das", fuhr es fort, „ein Lärm und ein Skandal ist das gewesen! Na, Sie können sich denken, wie ich erschrocken bin. Man drückt sich ganz still in eine Ecke und wagt kaum, sich zu rühren. Das ist das allerschlimmste, so dasitzen und sich nicht rühren. Man hofft ja, daß nichts passieren wird, na, und mein Baum ist ja für solche Fälle vortrefflich, nein, da gibt es nichts, mein Baum ist vortrefflich . . . das muß ich sagen. Ich bin zufrieden. Wie weit ich auch herumkomme, ich wünsche mir keinen anderen. Aber wenn es so losgeht wie heute, regt man sich doch immer wieder ganz entsetzlich auf."

Das Eichhörnchen saß da, an seine schöne aufragende Fahne gelehnt, zeigte die weiße Brust und drückte beide Vorderpfötchen gefühlvoll ans Herz. Man glaubte ihm ohne weiteres, daß es sich aufgeregt habe.

„Wir wollen jetzt auf die Wiese", sagte die Mutter, „um uns in der Sonne zu trocknen."

„Oh, das ist ein guter Einfall", rief das Eichhörnchen. „Sie sind so klug, wirklich, ich sage immer, daß Sie so klug sind!" Mit einem Satz war es auf einen höheren Zweig gesprungen. „Sie können gar nichts Besseres tun, als jetzt auf die Wiese gehen“, rief es von dort herab. Dann sauste es in leichten Sprüngen kreuz und quer durch die Baumkrone empor. „Ich will auch hinauf, wo ich Sonne habe“, plauderte es vergnügt, „man ist ja völlig durchnäßt! Ganz hinauf will ich!“ Es kümmerte sich nicht darum, ob man ihm noch zuhörte.

Die Wiese war schon recht belebt. Freund Hase saß da und hatte seine Familie bei sich. Tante Ena stand dort mit ihren Kindern und einigen anderen Bekannten. Heute sah Bambi auch die Väter wieder. Sie kamen langsam aus dem Walde, der eine von dort, der andere von da, sogar ein dritter erschien. Langsam gingen sie nahe am Waldessaum in der Wiese hin und her, jeder an seiner Stelle. Sie beachteten niemanden, ja sie sprachen gar nicht einmal miteinander. Bambi schaute oft zu ihnen hinüber, ehrerbietig und voll Neugier.

Dann unterhielt er sich mit Faline, mit Gobo und mit ein paar anderen Kindern. Er meinte, man könne wohl ein wenig spielen. Alle erklärten sich einverstanden, und das Kreisen begann. Faline zeigte sich als die Fröhlichste von allen. Sie war so frisch und behend und sprudelte von plötzlichen Einfällen. Aber Gobo fühlte sich bald ermüdet. Er hatte sich vor dem Gewitter furchtbar geängstigt, hatte Herzklopfen davon bekommen, und das dauerte jetzt immer noch an. Gobo war wohl überhaupt etwas schwächlich, aber Bambi liebte ihn, weil er so gut und so bereitwillig und immer ein wenig traurig war, ohne es merken zu lassen.

Die Zeit verstreicht, und Bambi lernt, wie fein die Grasrispen schmecken, wie zart die Blätterknospen sind, und wie süß der Klee ist. Wenn er sich an seine Mutter drängt, um sich zu erquicken, so geschieht es oft, daß sie ihn abweist. „Du bist doch kein kleines Kind mehr“, sagt sie. Manchmal sagt sie sogar geradezu: „Geh, laß mich in Ruhe.“ Es kann geschehen, daß die Mutter in der kleinen Waldkammer aufsteht, mitten am Tage aufsteht und fortgeht, ohne darauf zu achten, ob Bambi ihr folgt oder nicht. Manchmal scheint es auch, wenn sie die gewohnten Wege wandern, als ob die Mutter gar nicht merken würde, daß Bambi hinter ihr ist und brav hinter ihr her läuft. Eines Tages ist die Mutter weg. Bambi weiß nicht, wie das möglich war, er kann sich's gar nicht erklären. Aber die Mutter ist fort und Bambi zum erstenmal allein.

Er wundert sich, er wird unruhig, es wird ihm angst und bang, und er beginnt sich erbärmlich zu sehnen. Ganz traurig steht er da und ruft. Niemand antwortet, niemand kommt.

Er lauscht, er wittert. Nichts. Er ruft wieder. Ganz leise, innig, flehend ruft er: „Mutter . . . Mutter . . .“ Umsonst.

Nun faßt ihn die Verzweiflung, er hält es nicht aus und beginnt zu gehen.

Er wandert die Straßen entlang, die er kennt, bleibt stehen und ruft, wandert wieder weiter mit zögernden Schritten, furchtsam und ratlos. Er ist sehr traurig.

Immer weiter geht er und kommt zu Straßen, auf denen er noch nicht gegangen ist, er kommt zu Gegenden, die ihm fremd sind. Er kennt sich nicht mehr aus.

Da hört er zwei Kinderstimmen, die rufen wie er:

„Mutter . . . Mutter . . .!“

Er steht und horcht.

Wahrhaftig, das sind Gobo und Faline. Das müssen sie sein.

Rasch läuft er den Stimmen nach, und bald sieht er die roten Röckchen durch die Blätter schimmern. Gobo und Faline. Dort stehen sie unter einem Hartriegel trübselig nebeneinander und rufen: „Mutter . . . Mutter . . .!“

Sie freuen sich, da sie es im Gebüsch rauschen hören. Wie sie aber Bambi erkennen, sind sie enttäuscht. Dennoch freuen sie sich auch mit ihm ein wenig. Und Bambi ist froh, nicht mehr so ganz allein zu sein.

„Meine Mutter ist fort“, sagt Bambi.

„Unsere ist auch fort“, antwortet Gobo kläglich.

Sie sehen einander an und sind ganz bestürzt.

„Wo können sie nur sein?“ fragt Bambi. Er schluchzt beinahe.

„Ich weiß es nicht“, seufzt Gobo. Er hat Herzklopfen und fühlt sich elend.

Plötzlich sagt Faline: „Ich glaube . . . sie sind bei den Vätern . . .“

Gobo und Bambi sehen sich verblüfft an. Sie werden sofort von Ehrfurcht ergriffen. „Meinst du . . . bei den Vätern?“ fragt Bambi und zittert.

Faline zittert gleichfalls, aber sie macht ein vielsagendes Gesicht. Sie tut wie jemand, der mehr weiß, als er verraten will. Natürlich weiß sie gar nichts; sie weiß nicht einmal, woher ihr der Einfall kam. Doch wie nun Gobo wiederholt: „Meinst du das wirklich?“, macht sie eine kluge Miene und wiederholt geheimnisvoll: „Ja, ich glaube es.“

Das ist nun freilich wenigstens eine Vermutung, und es läßt sich darüber nachdenken. Trotzdem wird Bambi davon nicht ruhiger. Er kann jetzt auch nicht nachdenken, er ist zu erregt und zu traurig.

Er geht weg. Er mag nicht auf einem Fleck verweilen. Faline und Gobo begleiten ihn ein Stück; sie rufen alle drei: „Mutter . . . Mutter . . .“ Aber jetzt bleiben Gobo und Faline stehen; sie wagen sich nicht weiter. Faline sagt: „Wozu? Die Mutter weiß, wo wir sind. Bleiben wir also da, damit sie uns findet, wenn sie zurückkommt.“

Bambi geht allein. Er wandert durch eine Dickung, und darin ist eine kleine Blöße. Mitten auf der Blöße hält Bambi inne. Er ist plötzlich wie angewurzelt und kann nicht von der Stelle.

Dort, am Rande der Blöße, in einem hohen Haselbusch, steht eine Gestalt. Bambi hat noch niemals eine solche Gestalt gesehen. Gleichzeitig trägt ihm die Luft eine Witterung zu, die er noch nie vorher gespürt hat. Es ist ein fremder Geruch, schwer und scharf und aufregend, zum Tollwerden.

Bambi starrt die Gestalt an. Sie ist merkwürdig aufrecht, seltsam schmal, und sie hat ein blasses Gesicht, das an der Nase und um die Augen herum ganz nackt ist. Entsetzlich nackt. Furchtbares Grauen geht von diesem Gesicht aus. Kalter Schrecken. Dieses Gesicht hat eine ungeheure Gewalt, von der man gelähmt wird. Es ist bis zur Unerträglichkeit peinigend, dieses Gesicht anzusehen, trotzdem steht Bambi da und starrt unverwandt darauf hin.

Die Gestalt bleibt lange ohne Regung. Dann streckt sie ein Bein aus, eines, das ganz oben sitzt, nahe am Gesicht. Bambi hat gar nicht bemerkt, daß es überhaupt vorhanden ist. Aber als sich dieses fürchterliche Bein geradeaus in die Luft streckt, wird Bambi von der bloßen Gebärde weggefegt, wie eine Flaumfeder vom Winde. Im Nu ist er wieder im Dickicht, dort, wo er herkam. Und rennt.

Auf einmal ist auch die Mutter wieder da. Neben ihm springt sie durch Busch und Stauden. Sie rennen beide, was sie können. Die Mutter führt, sie weiß den Weg, und Bambi folgt. So rennen sie, bis sie beide vor ihrer Kammer sind.

„Hast du . . . gesehen?“ fragt die Mutter leise. Bambi kann nicht antworten, er hat keinen Atem. Er nickt bloß.

„Das . . . war . . . Er!“ sagt die Mutter.

Und sie schaudern alle beide.

Bambi blieb noch oft allein. Doch er ängstigt sich nicht mehr so arg darüber wie die ersten Male. Die Mutter verschwand, und dann mochte er rufen, soviel er wollte, sie kam nicht. Aber unversehens erschien sie wieder.

Eines Nachts ging er wieder ganz verlassen umher. Nicht einmal Gobo und Faline hatte er gefunden. Der Himmel wurde schon fahlgrau, und es begann zu dämmern, so daß über dem Unterwuchs des Strauchwerks die Wölbungen der Baumwipfel sichtbar wurden. Da rauschte es im Gebüsch, ein langer Streifen von Brausen fuhr durch die Blätter hin, und die Mutter stob vorüber. Dicht hinter ihr drein fegte ein anderer. Bambi wußte nicht, wer es gewesen war. Tante Ena oder der Vater, oder sonst jemand. Die Mutter aber hatte er gleich erkannt, so geschwind sie auch an ihm vorbeigerast war. Er hatte ihre Stimme vernommen. Sie schrie, und Bambi schien es, als ob das im Scherz gewesen sei, doch es kam ihm vor, daß auch ein wenig Furcht mitgeklungen habe.

Ein anderes Mal war es bei Tage. Bambi strich durch die Dickungen, stundenlang. Endlich begann er zu rufen. Nicht etwa, weil ihm bange war. Er wollte nur nicht mehr so ganz allein bleiben, und er fühlte, daß ihm bald recht jämmerlich zumute sein würde. Also fing er an, nach der Mutter zu rufen.

Plötzlich stand einer von den Vätern vor ihm und sah ihn strenge an. Bambi hatte ihn nicht kommen hören, und er erschrak. Der Alte war gewaltiger anzuschauen als die andern, höher und stolzer. Sein Rock flammte in tiefer, dunkler Röte, aber sein Gesicht schimmerte schon silbergrau; und mächtig überragte eine hohe, schwarzgeperlte Krone die spielenden Lauscher. „Warum rufst du?“ fragte der Alte streng. Bambi erzitterte vor Ehrfurcht und wagte keine Antwort. „Deine Mutter hat jetzt nicht Zeit für dich!“ fuhr der Alte fort. Bambi war ganz vernichtet von dieser gebieterischen Stimme, zugleich aber bewunderte er sie. „Kannst du nicht allein sein? Schäme dich!“ Bambi wollte sagen, daß er ganz gut allein sein könne, daß er schon oft allein gewesen sei, aber er brachte nichts heraus. Er war gehorsam und schämte sich fürchterlich. Der Alte kehrte sich ab und war fort. Bambi wußte nicht, wieso, noch wohin, wußte nicht, ob der Alte schnell oder langsam gegangen sei. Er war eben fort, so plötzlich, wie er gekommen war. Bambi lauschte angestrengt, aber er hörte keinen Schritt, der sich entfernte, hörte kein Blatt, das bewegt wurde. Er meinte deshalb, der Alte müsse noch ganz in der Nähe sein, und prüfte die Luft nach allen Seiten. Sie brachte ihm keine Witterung. Bambi atmete erleichtert auf, weil er nun wieder allein war, dabei aber fühlte er ein heftiges Verlangen, den Alten noch einmal zu sehen und seine Zufriedenheit zu erringen.

Als dann die Mutter kam, erzählte er ihr nichts von seiner Begegnung. Er rief auch nicht mehr nach ihr, wenn sie wieder verschwand. Er dachte an den Alten, während er allein umherstrich; er wünschte sich's heftig, ihm zu begegnen. Dann wollte er ihm sagen: „Sehen Sie, ich rufe nicht." Und der Alte würde ihn loben.

Aber zu Gobo und Faline sprach er, als sie wieder zusammen auf der Wiese waren. Sie lauschten gespannt und konnten ihm kein Erlebnis berichten, das diesem vergleichbar gewesen wäre. „Hast du dich nicht gefürchtet?" fragte Gobo aufgeregt. Doch! Bambi gestand, daß er sich gefürchtet habe. Nur ein bißchen. „Ich hätte mich entsetzlich gefürchtet", erklärte Gobo. Bambi erwiderte, nein, eine ganz große Angst habe er nicht gehabt, denn der Alte sei herrlich gewesen. Gobo meinte: „Das hätte mir wenig geholfen. Ich wäre vor Angst gar nicht imstande gewesen, ihn anzusehen. Wenn ich Angst habe, flimmert es mir gleich vor den Augen, daß ich nichts mehr sehe, und mein Herz klopft so stark, daß ich nicht atmen kann." Faline war bei Bambis Erzählung sehr nachdenklich geworden und sagte gar nichts.

Das nächste Mal aber, als sie sich trafen, kamen Gobo und Faline in großer Hast herangesprungen. Sie waren wieder allein, wie Bambi auch. „Wir suchen dich schon die ganze Zeit", rief Gobo. „Ja", sagte Faline wichtig, „denn wir wissen jetzt ganz genau, wer das war, den du gesehen hast." Bambi machte einen Sprung vor Neugierde. „Wer . . .!?"

Faline erzählte feierlich: „Es war der alte Fürst."

„Woher wißt ihr das?" drängte Bambi.

„Von unserer Mutter!" erwiderte Faline.

Bambi zeigte sich erstaunt. „Habt ihr denn die Geschichte erzählt?" Die beiden nickten. „Es war doch ein Geheimnis!" rief Bambi entrüstet.

Gobo entschuldigte sich augenblicklich. „Ich bin es nicht gewesen. Faline hat es getan." Aber Faline rief munter: „Ach was, Geheimnis! Ich wollte wissen, wer das ist. Jetzt wissen wir's, und das ist viel interessanter!" Bambi brannte darauf, alles zu hören, und war beschwichtigt. Faline sagte ihm alles. „Er ist der Vornehmste im ganzen Walde. Er ist der Fürst. Es gibt keinen zweiten, der ihm gleichkäme. Niemand weiß, wie alt er ist. Niemand kann sagen, wo er wohnt. Niemand kann seine Verwandtschaft nennen. Nur wenige haben ihn jemals gesehen. Manchmal hieß es schon, er sei tot, denn er war so lange nicht sichtbar gewesen, daß man es glaubte. Dann wurde er doch wieder erblickt, nur für einen Augenblick, und so erfuhr man, daß er noch am Leben sei. Niemand hat es je gewagt, ihn zu fragen, wo er gewesen. Er spricht mit niemandem, und keiner wagt es, ihn anzureden. Er geht Wege, auf denen kein anderer geht; er kennt den Wald bis in die fernsten Fernen. Und für ihn gibt es keine Gefahr. Die andern Prinzen kämpfen bisweilen untereinander, manchmal nur zur Probe und zum Scherz, manchmal im Ernst. Mit ihm hat seit vielen Jahren keiner mehr gekämpft. Und von denen, die früher einmal mit ihm gekämpft haben, vor langer Zeit, ja, von denen lebt nun kein einziger mehr. Er ist der große Fürst."

Bambi verzieh es Gobo und Faline, daß sie sein Geheimnis ihrer Mutter ausgeplaudert hatten. Er war sogar zufrieden damit, denn nun hatte er ja alle diese wichtigen Dinge erfahren. Aber er freute sich doch, daß Gobo und Faline nicht alles so genau wußten. Daß der große Fürst gesagt hatte: „Kannst du nicht allein sein?", daß er gesagt hatte: „Schäme dich!", wußten sie nicht. Bambi war jetzt froh darüber, diese Zurechtweisung verschwiegen zu haben. Faline hätte das genau so erzählt wie alles übrige, und dann hätte der ganze Wald davon gesprochen.

In dieser Nacht, als der Mond aufging, kam Bambis Mutter wieder einmal zurück. Sie stand plötzlich unter der großen Eiche am Wiesenrand und sah sich nach Bambi um. Er gewahrte sie gleich und lief zu ihr. In dieser Nacht erlebte Bambi wieder etwas Neues. Die Mutter war müde und hungrig. Sie gingen nicht so weit umher wie sonst. Die Mutter sättigte sich auf der Wiese, wo auch Bambi schon die meisten seiner Mahlzeiten zu halten pflegte. Miteinander naschten sie dann noch an den Sträuchern und gerieten in dieser beschaulich vergnügten Art weiter und immer weiter in den Wald hinein. Da kam ein großes Rauschen durchs Gebüsch einher. Ehe Bambi noch ahnte, was sich begab, fing seine Mutter laut zu schreien an, wie manchmal, wenn sie sehr erschrak oder von Verwirrung befallen wurde. „A-oh!" schrie sie, machte einen Sprung, blieb stehen und schrie: „A-oh, ba-oh!" Nun erblickte Bambi gewaltige Erscheinungen, die in dem großen Rauschen vorüberzogen. Ganz nahe kamen sie vorbei. Sie glichen Bambi und Bambis Mutter, glichen Tante Ena und allen andern seiner Sippe, aber sie waren riesenhaft, sie waren so gewaltig an Wuchs, daß man überwältigt zu ihnen emporschauen mußte. Bambi fing gleichfalls zu zetern an. „A-oh . . . Ba-oh . . . Ba-oh!" Er wußte kaum, daß er schrie, er konnte nicht anders. Der Zug rauschte langsam vorüber. Drei, vier riesenhafte Erscheinungen hintereinander. Zuletzt kam einer, der war noch größer als die übrigen, hatte eine wilde Mähne am Halse und trug einen ganzen Baum als Krone. Es war atembeklemmend, das zu sehen. Bambi stand da und plärrte aus voller Brust, denn ihm war unheimlich zumute wie noch nie. Er hatte Angst, aber auf eine besondere Art. Er kam sich selbst erbärmlich klein vor, und sogar die Mutter schien ihm jammervoll verkleinert. Er schämte sich, ohne zu ahnen, warum, zugleich aber schüttelte ihn das Grauen, und er zeterte drauf los. „Ba-oh . . . Ba-a-oh!“ Es wurde ihm leichter, wenn er so schrie.

Der Zug war vorüber. Man sah nichts mehr und hörte nichts mehr von ihm. Auch die Mutter schwieg. Nur Bambi plärrte von Zeit zu Zeit noch einmal kurz auf. Es stieß ihn noch immer.

„Sei schon ruhig“, sagte die Mutter, „sie sind ja fort.“

„Oh, Mutter“, flüsterte Bambi, „wer war das?“

„Ach, im Grunde ist es nicht so gefährlich“, sprach die Mutter, „das waren unsere großen Verwandten . . . ja . . . sie sind groß und sie sind vornehm . . . noch vornehmer als wir . . .“

„Und sie sind nicht gefährlich?“ fragte Bambi.

„Für gewöhnlich nicht“, erklärte die Mutter. „Es soll freilich schon manches vorgekommen sein. Man spricht darüber das und jenes, aber ich weiß nicht, ob an diesen Geschichten etwas Wahres ist. Mir haben sie noch nie etwas getan, und auch sonst niemandem von meiner Bekanntschaft.“

„Warum sollten sie uns etwas tun“, meinte Bambi, „wenn sie doch unsere Verwandten sind?“ Er wollte ruhig sein, allein er zitterte noch immer.

„Nein, sie tun uns wohl nichts“, antwortete die Mutter, „aber ich weiß nicht, ich erschrecke doch jedesmal, wenn ich sie sehe. Ich kann mich gar nicht fassen. Jedesmal geht es mir so.“

Bambi wurde durch dieses Gespräch nach und nach beschwichtigt, doch blieb er nachdenklich. Gerade über ihm, in den Zweigen einer Erle, gellte der Waldkauz aufsehenerregend. Doch Bambi war zerstreut und vergaß diesmal, sich anzustellen, als sei er erschrocken. Trotzdem kam der Waldkauz gleich herbei und erkundigte sich: „Hab' ich Sie vielleicht erschreckt?“

„Gewiß“, antwortete Bambi, „Sie erschrecken mich immer.“

Der Waldkauz lachte leise; er war zufrieden. „Hoffentlich nehmen Sie mir das nicht übel“, sagte er, „das ist nun mal so meine Art.“ Er plusterte sich auf, daß er aussah wie eine Kugel, senkte den Schnabel in das flaumweiche Gefieder und machte ein furchtbar nettes, ernstes Gesicht. Er war vergnügt.

Bambi schüttete ihm sein Herz aus: „Wissen Sie“, begann er altklug, „ich habe vorhin einen noch viel größeren Schrecken gehabt.“

„So?“ fragte der Waldkauz unzufrieden.

Bambi erzählte ihm von der Begegnung mit den riesigen Verwandten.

„Hören Sie mir mit den Verwandten auf“, rief der Waldkauz. „Ich habe auch Verwandte. Aber ich brauche mich nur am Tage irgendwo blicken zu lassen, so fallen sie gleich alle über mich her. Nein, Verwandte haben nicht viel Zweck. Sind sie größer als wir, so taugen sie nichts, und sind sie kleiner, taugen sie noch viel weniger. Sind sie größer als wir, dann können wir sie nicht leiden, weil sie stolz sind, und sind sie kleiner, dann können sie uns nicht leiden, weil dann wir die Stolzen sind. Nein, ich mag von der ganzen Geschichte nichts wissen.“

„Aber . . . ich kenne meine Verwandten gar nicht . . .“ sagte Bambi schüchtern und sehnsüchtig. „Ich habe nie von ihnen gehört und habe sie heute zum erstenmal gesehen.“

„Kümmern Sie sich nicht um diese Leute“, riet ihm der Waldkauz. „Glauben Sie mir“, er verdrehte die Augen bedeutungsvoll, „glauben Sie mir, es ist das beste. Verwandte sind niemals so gut wie Freunde. Sehen Sie, wir beide sind gar nicht verwandt, aber gute Freunde sind wir, und das ist sehr angenehm.“

Bambi wollte noch etwas sagen, doch der Waldkauz fuhr fort: „Ich habe in diesen Dingen meine Erfahrung. Sie sind noch so jung. Glauben Sie mir, ich weiß das besser, Übrigens fällt es mir nicht ein, mich in Ihre Familienangelegenheiten einzumischen.“ Er verdrehte die Augen so gedankenvoll und sah mit seinem ernsten Gesicht so bedeutend aus, daß Bambi bescheiden schwieg.

Eine andere Nacht verging, und der Morgen brachte ein neues Ereignis.

Es war unter einem wolkenlosen Himmel ein Morgen voll Tau und Frische. Alle Blätter an den Bäumen und Sträuchern begannen plötzlich stärker zu duften. Die Wiese atmete Duft in breiten Wellen zu den Baumwipfeln empor.

Piep, sagten die Meisen, als sie erwachten. Sie sagten es ganz leise. Aber weil es noch grau und dämmerig war, sagten sie einstweilen nichts mehr. Es blieb eine Zeitlang ganz still. Dann klang ein rauher, rissiger Krähenruf durch die Luft, von hoch oben. Die Krähen waren erwacht und besuchten einander in den Wipfeln. Sogleich antwortete die Elster: „Schakerakschak . . . glauben Sie etwa, ich schlafe noch?“ Nun fing es in kleinen hundertfältigen Rufen, da und dort, fern und nah, ganz leise an: Piep! Piep! Tiu! Noch war in diesen Lauten Schlaf und Dämmerung. Und noch waren sie eigentlich vereinzelt.

Plötzlich flog eine Amsel auf den Wipfel einer Tanne. Ganz hinauf flog sie zur äußersten Spitze, die dünn in die Luft stach, saß hoch oben und sah weit über alle Bäume weg, wie der nachtmüde, fahlgraue Himmel fern im Osten erglühte und lebendig wurde. Da fing sie an zu singen. Sie war nur ein winziges dunkles Fleckchen, wenn man sie von unten aus erblickte. Ihr kleiner schwarzer Körper glich von weitem nur einem welken Blatt. Aber ihr Lied zog wie ein großer Jubel über den Wald hin. Und jetzt wurde alles rege. Die Finken schlugen, die Rotkehlchen und der Stieglitz ließen sich hören. Mit breitem Klatschen und Knattern der Flügel strichen die Tauben von einem Platz zum andern. Die Fasanen schrien auf, und das klang, als berste ihnen die Kehle. Weich und kräftig war das Geräusch ihrer Fittiche, nun sie sich von den Schlafbäumen zur Erde niederschwangen. Noch viele Male stießen sie am Boden ihren metallisch berstenden Schrei aus und gurrten leise nach. Hoch in den Lüften riefen die Falken scharf und freudig jajaja!

Die Sonne war aufgegangen.

Diu-diju! jauchzte der Pirol. Er flog zwischen den Zweigen hin und her, und sein gelber, runder Leib glänzte im Morgenstrahl wie eine beschwingte Kugel aus Gold.

Bambi trat unter der großen Eiche auf die Wiese. Sie funkelte im Tau, duftete nach Gras, nach Blumen und nasser Erde und flüsterte von tausendfachem Leben. Dort saß Freund Hase und schien über etwas Wichtiges nachzudenken. Dort ging ein stolzer Fasan langsam spazieren, nippte an den Grasrispen und sah sich vorsichtig nach allen Seiten um. Das dunkelblaue Geschmeide seines Halses leuchtete in der Sonne. Aber dicht vor Bambi stand einer der Prinzen, ganz nahe. Bambi hatte ihn noch nie gesehen, hatte überhaupt keinen von den Vätern je so nahe erblickt. Hart am Haselstrauch stand er vor ihm, von den Zweigen noch ein wenig verhüllt. Bambi rührte sich nicht. Er hoffte, der Prinz werde ganz herauskommen, und Bambi überlegte, ob er es wagen dürfe, ihn anzureden. Er wollte die Mutter fragen und sah sich nach ihr um. Allein die Mutter war schon weitergegangen und stand ziemlich entfernt drüben bei Tante Ena. Gerade kamen dort auch Gobo und Faline aus dem Dickicht auf die Wiese gelaufen. Bambi rührte sich nicht und überlegte. Wenn er jetzt zur Mutter und zu den andern hinüber wollte, mußte er an dem Prinzen vorbei. Das kam ihm unziemlich vor. Ach was, dachte er, ich brauche die Mutter nicht erst zu fragen. Schließlich hat ja der alte Fürst mit mir gesprochen, und ich habe der Mutter nichts davon erzählt. Ich werde den Prinzen anreden, ich versuche es. Mögen die andern drüben sehen, wie ich mit ihm spreche. Ich werde sagen: Guten Morgen, mein Prinz! Darüber kann er doch nicht böse werden. Und wenn er böse wird, laufe ich schnell davon. Bambi kämpfte mit seinem Entschluß, der immer wieder ins Wanken geriet.

Nun trat der Prinz aus dem Haselstrauch hervor auf die Wiese.

Jetzt . . . dachte Bambi.

Da krachte ein Donnerschlag.

Bambi zuckte zusammen und wußte nicht, was geschehen war.

Er sah, wie der Prinz vor ihm in die Höhe fuhr, mit einem großen Sprung, und sah ihn knapp an sich vorbei in den Wald hineinrasen.

Bambi blickte starr umher, der Donnerschlag dröhnte noch in ihm nach. Er sah, wie drüben die Mutter, Tante Ena, Gobo und Faline dem Walde zu flüchteten, er sah, wie Freund Hase fassungslos davonstob, sah den Fasan mit vorgestrecktem Halse laufen, er merkte, daß der ganze Wald plötzlich schwieg, raffte sich auf und sprang zurück ins Dickicht.

Nur ein paar Sätze hatte er gemacht, da lag der Prinz vor ihm auf dem Boden. Regungslos. Entsetzt blieb Bambi stehen und begriff nicht, was das sein könne. Der Prinz lag da, die Schulter in breiter Wunde aufgerissen, blutig und tot.

„Nicht stehen bleiben!“ rief es dringend neben ihm. Es war die Mutter, die in vollem Galopp dahinfuhr. „Lauf!“ rief sie. „Lauf, was du kannst!“ Sie hielt nicht inne, jagte weiter, und ihr Gebot riß Bambi mit sich fort. Er rannte aus allen Kräften.

„Was ist das, Mutter?“ fragte er. „Was war das, Mutter?“

Die Mutter gab keuchend zur Antwort: „Das . . . war . . . Er!“

Bambi schauderte, und sie rannten.

Atemlos blieben sie endlich stehen.

„Was sagen Sie? Ich bitte, was sagen Sie?“ rief eine feine Stimme über ihnen. Bambi blickte auf, da kam das Eichhörnchen durch die Zweige herabgesaust.

„Ich bin die ganze Strecke mit Ihnen hierhergesprungen“, rief es. „Nein, das ist furchtbar!“

„Sind Sie denn dabeigewesen?“ fragte die Mutter.

„Aber natürlich war ich dabei“, antwortete das Eichhörnchen. „Ich zittere ja noch an allen Gliedern.“ Es saß aufrecht da, lehnte sich an seine prächtige Fahne, zeigte die schmale weiße Brust und hielt die beiden Vorderpfoten beteuernd an den Leib gepreßt. „Ich bin ganz außer mir vor Aufregung.“

„Ich bin auch ganz matt vor Schrecken“, sagte die Mutter. „Es ist unbegreiflich. Keiner von uns hat etwas gesehen.“

„So?“ Das Eichhörnchen ereiferte sich. „Da irren Sie sich aber. Ich habe Ihn schon lange gesehen!“

„Ich auch!“ rief eine andere Stimme. Es war die Elster; sie kam herbeigeflogen und setzte sich auf einen Zweig.

„Ich auch!“ schnarrte es von noch höher. Dort saß auf einer Esche der Häher.

Und aus den Wipfeln der Bäume kreischten ein paar Krähen mürrisch dazwischen. „Wir haben Ihn auch gesehen!“

Sie saßen alle umher und redeten wichtig. Sie waren seltsam erregt und, wie es schien, voll Zorn und Bangigkeit.

Wen, dachte Bambi, wen haben sie gesehen?

„Die größte Mühe habe ich mir gegeben“, erzählte das Eichhörnchen und preßte beteuernd beide Vorderpfoten ans Herz. „Die größte Mühe habe ich mir gegeben, den armen Prinzen aufmerksam zu machen.“

„Und ich“, schnarrte der Häher, „wie oft habe ich geschrien! Aber er hat mich nicht hören wollen.“

„Mich hat er auch nicht gehört“, schäkerte die Elster. „Zehnmal hab' ich gerufen. Gerade wollte ich ganz nah zu ihm hinfliegen, denn ich dachte mir, wenn er mich jetzt nicht hört, so flieg' ich auf den Haselstrauch, vor dem er steht. Dort muß er mich hören. Aber in diesem Augenblick ist es geschehen."

„Meine Stimme ist doch lauter als die eure, und ich habe gewarnt, wie ich konnte", sprach die Krähe in erbittertem Ton. „Aber die Herrschaften geben zu wenig acht auf unsereinen."

„Wirklich, viel zuwenig", stimmte das Eichhörnchen bei.

„Man tut, was man kann", meinte die Elster, „wir sind gewiß nicht schuld, wenn dann ein Unglück geschieht."

„So ein hübscher Prinz", klagte das Eichhörnchen, „und in den besten Jahren."

„Hach!" schnarrte der Häher, „wäre er nicht so stolz gewesen und hätte auf uns geachtet!"

„Er war gewiß nicht stolz!" widersprach das Eichhörnchen.

Die Elster fügte hinzu: „Nicht stolzer als die anderen Prinzen seiner Art."

„Also dumm!" lachte der Häher.

„Sie sind ja selbst dumm!" rief die Krähe von oben herab. „Sprechen Sie doch nicht von Dummheit. Der ganze Wald weiß, wie dumm Sie sind."

„Ich?" erwiderte der Häher starr vor Staunen. „Mir kann niemand nachsagen, daß ich dumm bin. Nur vergeßlich bin ich, aber dumm gewiß nicht."

„Wie Sie wollen", sagte die Krähe ernst. „Vergessen Sie, was ich gesagt habe, aber bedenken Sie, daß der Prinz nicht deshalb sterben mußte, weil er stolz oder dumm war, sondern weil man Ihm nicht entgehen kann."

„Hach!" schnarrte der Häher. „Ich mag solche Gespräche nicht." Er flog davon. Die Krähe sprach weiter. „Sogar von meiner Sippe hat Er schon viele überlistet. Er tötet, wen Er will. Nichts kann uns helfen."

„Man muß dennoch auf der Hut sein", warf die Elster hin.

„Das muß man gewiß", sagte die Krähe traurig. „Auf Wiedersehen." Sie flog fort, und ihre Verwandten begleiteten sie.

Bambi sah sich um. Die Mutter war nicht mehr da.

Wovon reden sie nur? dachte Bambi. Ich kann nicht alles verstehen, was sie sagen. Wer ist das: Er, von dem sie sprechen ...? Das war ja auch Er, den ich damals im Gebüsch gesehen habe ... aber Er hat mich nicht getötet ...

Bambi dachte an den Prinzen, den er vor sich hatte liegen sehen, mit blutig zerfetzter Schulter. Der war nun tot. Bambi ging weiter. Der Wald sang wieder mit tausend Stimmen, die Sonne drang mit breiten Strahlen durch die Wipfel, überall war es hell, das Laub begann zu dunsten; hoch in der Luft riefen die Falken, und hier, ganz in der Nähe, lachte ein Specht laut auf, als wäre nichts geschehen. Bambi wurde nicht fröhlich. Er fühlte sich von etwas Dunklem bedroht, er verstand nicht, wie die anderen so heiter und sorglos sein konnten, wenn doch das Leben so schwer und so gefährlich war. In dieser Stunde ergriff ihn das Verlangen, weit fort zu gehen, immer tiefer und tiefer in den Wald hinein. Ihn lockte es jetzt, sich dorthin zu wenden, wo es am dicksten war, einen Schlupfwinkel zu suchen, wo man, weit und breit umgeben von undurchdringlichen Hecken, gar nicht gesehen werden konnte. Auf diese Wiese hinaus wollte er nicht wieder.

Neben ihm regte sich etwas ganz leise im Gebüsch. Bambi fuhr heftig zusammen. Der Alte stand vor ihm.

Es zuckte in Bambi; er wollte davonlaufen, aber er faßte sich und blieb. Der Alte sah ihn mit seinen großen, tiefen Augen an: „Warst du vorhin dabei?"

„Ja", sagte Bambi leise. Das Herz klopfte ihm bis in die Zunge.

„Wo ist deine Mutter?" fragte der Alte.

Bambi antwortete, immer noch leise: „Ich weiß es nicht."

Der Alte sah ihn immerfort an: „Und du rufst nicht nach ihr?"

Bambi schaute in das ehrwürdige eisgraue Antlitz, schaute zur herrlichen Krone des Alten auf und wurde plötzlich voll Mut. „Ich kann auch allein sein", sagte er.

Der Alte betrachtete ihn eine Weile, dann sprach er sanft: „Bist du nicht der Kleine, der neulich erst nach der Mutter geweint hat?"

Bambi schämte sich ein wenig, doch er blieb mutig. „Ja, ich bin es", bekannte er.

Der Alte sah ihn schweigend an, und Bambi schien es, als ob diese tiefen Augen jetzt milder blickten. „Du hast mich damals gescholten, alter Fürst", rief er hingerissen, „weil ich nicht allein sein konnte. Seit damals kann ich es."

Prüfend sah der Alte auf Bambi und lächelte, ganz wenig, kaum zu merken, aber Bambi merkte es dennoch. „Alter Fürst", bat er zutraulich, „was ist geschehen? Ich begreife es nicht . . . wer ist Er, von dem sie alle reden . . .?" Er hielt inne, erschrocken von dem dunklen Blick, der ihm Schweigen gebot.

Wieder verstrich eine Weile. Der Alte schaute über Bambi hinweg ins Weite, dann sagte er langsam: „Selber hören, wittern und sehen. Selber lernen." Er hob das gekrönte Haupt noch höher. „Leb wohl", sagte er. Sonst nichts mehr. Dann war er verschwunden.

Bambi blieb bestürzt zurück und wollte verzagen. Aber das Lebwohl klang in ihm nach und tröstete ihn. Leb wohl, hat der Alte gesagt. Er war also nicht böse.

Bambi fühlte sich von Stolz durchdrungen, fühlte sich von einem feierlichen Ernst gehoben. Ja, das Leben war schwer und voll Gefahren. Es mochte bringen, was es wollte, er würde lernen, alles zu ertragen.

Langsam ging er tiefer in den Wald hinein.

Von der großen Eiche am Wiesenrand fiel das Laub. Es fiel von allen Bäumen. Ein Ast der Eiche stand hoch über den anderen Zweigen und langte weit hinaus zur Wiese. An seinem äußersten Ende saßen zwei Blätter zusammen.

„Es ist nicht mehr wie früher", sagte das eine Blatt.

„Nein", erwiderte das andere. „Heute nacht sind wieder so viele von uns davon . . . wir sind beinahe schon die einzigen hier auf unserem Ast."

„Man weiß nicht, wen es trifft", sagte das erste. „Als es noch warm war und die Sonne noch Hitze gab, kam manchmal ein Sturm oder ein Wolkenbruch, und viele von uns wurden damals schon weggerissen, obgleich sie noch jung waren. Man weiß nicht, wen es trifft."

„Jetzt scheint die Sonne nur selten", seufzte das zweite Blatt, „und wenn sie scheint, gibt sie keine Kraft. Man müßte neue Kräfte haben."

„Ob es wahr ist", meinte das erste, „ob es wohl wahr ist, daß an unserer Stelle andere kommen, wenn wir fort sind, und dann wieder andere und immer wieder . . ."

„Es ist sicher wahr", flüsterte das zweite, „man kann es gar nicht ausdenken . . . es geht über unsere Begriffe . . ."

„Und man wird auch zu traurig davon", fügte das erste hinzu.

Sie schwiegen eine Zeit. Dann sagte das erste still vor sich hin: „Warum wir weg müssen . . .?"

Das zweite fragte: „Was geschieht mit uns, wenn wir abfallen . . .?"

„Wir sinken hinunter . . ."

„Was ist da unten?“

Das erste antwortete: „Ich weiß es nicht. Der eine sagt das, der andere sagt dies . . . aber niemand weiß es.“

Das zweite fragte: „Ob man noch etwas fühlt, ob man noch etwas von sich weiß, wenn man dort unten ist?“

Das erste erwiderte: „Wer kann das sagen? Es ist noch keines von denen, die hinunter sind, jemals zurückgekommen, um davon zu erzählen.“

Wieder schwiegen sie. Dann redete das erste Blatt zärtlich zum anderen: „Gräme dich nicht zu sehr, du zitterst ja.“

„Laß nur“, antwortete das zweite, „ich zittere jetzt so leicht. Man fühlt sich eben nicht mehr so fest an seiner Stelle.“

„Wir wollen nicht mehr von solchen Dingen sprechen“, sagte das erste Blatt.

Das andere entgegnete: „Nein . . . wir wollen es lassen . . . Aber . . . wovon sollen wir denn sonst sprechen?“ Es schwieg und fuhr nach einer kurzen Weile fort: „Wer von uns beiden wohl zuerst da hinunter muß . . .?“

„Damit hat's noch Zeit“, beschwichtigte das erste. „Erinnern wir uns lieber, wie schön es war, wie wunderbar schön! Wenn die Sonne kam und uns so heiß brannte, daß man zu schwellen glaubte vor Gesundheit. Weißt du noch? Und dann der Tau in den Morgenstunden . . . und die linden, herrlichen Nächte . . .“

„Jetzt sind die Nächte furchtbar“, jammerte das zweite, „und nehmen kein Ende.“

„Wir dürfen, uns nicht beklagen“, sagte das erste mild, „wir haben länger gelebt als viele, viele andere.“

„Ich bin wohl sehr verändert?“ erkundigte sich das zweite Blatt schüchtern, aber dringend.

„Keine Spur“, beteuerte das erste, „du glaubst wohl, weil ich so gelb und häßlich geworden bin. Nein, bei mir ist das etwas anderes . . .“

„Ach, geh“, wehrte das zweite ab.

„Nein, wahrhaftig“, wiederholte das erste voll Eifer, „glaub' mir doch! Du bist so schön wie am ersten Tage. Hier und da vielleicht ein kleiner gelber Streifen, kaum zu merken, und er macht dich nur noch schöner. Glaub' mir doch!“

„Ich danke dir“, flüsterte das zweite Blatt gerührt. „Ich glaube dir nicht . . . nicht ganz . . . aber ich danke dir, weil du so gut bist . . . du bist immer so gut zu mir gewesen . . . ich begreife es jetzt erst ganz, wie gut du warst.“

„Schweig doch“, sagte das erste und verstummte selbst, denn es konnte vor Kummer nicht mehr reden.

Nun schwiegen sie beide. Die Stunden vergingen. Ein nasser Wind strich kalt und feindselig durch die Baumwipfel.

„Ach . . . jetzt . . .“ sagte das zweite Blatt, „ . . . ich . . .“ Da brach ihm die Stimme. Es ward sanft von seinem Platz gelöst und schwebte hernieder. – Nun war es Winter.

Bambi merkte, daß die Welt verändert war. Es wurde ihm schwer, sich in diese verwandelte Welt zu schicken. Sie hatten alle wie die reichen Leute gelebt, und nun fingen sie an in Armut zu geraten. Aber Bambi kannte nur den Reichtum. Er hielt es für selbstverständlich, überall vom größten Überfluß und vom feinsten Luxus umgeben zu sein, keine Nahrungssorgen zu haben, in der schönen grünverhängten Kammer zu schlafen, in die niemand hineinsehen konnte, und in einem prächtig glatten, schimmernd roten Rock einherzugehen.

Jetzt war alles anders geworden, ohne daß er es eigentlich so recht gemerkt hatte. Der Wandel, der sich vollzogen, war ihm nur eine Reihe von kurzweiligen neuen Erscheinungen gewesen. Es unterhielt ihn, wenn milchweiße Nebelschleier des Morgens der Wiese entdampften oder sich plötzlich vom dämmerigen Frühhimmel herabsenkten. Sie zergingen dann so schön in der Sonne. Ihm gefiel auch der Reif, der den Boden und die Wiese so überraschend weiß bestreute. Eine Zeitlang ergötzte er sich, seine großen Verwandten, die Hirsche, schreien zu hören. Der ganze Wald dröhnte von den Stimmen der Könige. Bambi lauschte und fürchtete sich sehr, aber sein Herz bebte vor Bewunderung, wenn er diese Donnerrufe vernahm. Er dachte daran, daß die Könige Kronen tragen, die so groß waren und so verzweigt wie starke Baumäste, und er dachte, ihre Stimme sei ebenso gewaltig wie ihre Krone. Vernahm er den machtvollen Ausbruch einer solchen Stimme, dann stand er still und rührte sich nicht. Gebieterisches Verlangen rollte dahin in tiefen Klängen, ungeheures Aufstöhnen eines edlen, rasend gewordenen Blutes, das von Urkraft schäumte in Sehnsucht, Zorn und Stolz. Bambi kämpfte vergebens gegen seine Angst. Es überwältigte ihn, wenn er diese Stimmen hörte, aber er war stolz, solch vornehme Verwandte zu haben. Zugleich spürte er eine eigentümliche Regung von Gereiztheit darüber, weil sie so unnahbar waren. Das verletzte, das demütigte ihn, ohne daß er genau wußte, warum und wie, ja, ohne daß er sich dessen überhaupt näher bewußt wurde.

Erst als die Liebeszeit der Könige vorbei war und der Donner ihrer Rufe verstummte, gewann Bambi wieder Aufmerksamkeit für andere Dinge. Wenn er nachts durch den Wald ging oder untertags in seiner Kammer lag, hörte er den Blätterfall durch die Bäume flüstern. Unaufhörlich rieselte und knisterte es in der Luft, in allen Wipfeln, in allen Zweigen. Ein zarter Silberton rann beständig zur Erde nieder. Es war wundervoll, mit ihm zu erwachen, und es war köstlich, bei diesem geheimnisvoll schwermütigen Geflüster einzuschlafen. Dann lag das Laub hoch und lose am Boden, und wenn man ging, rauschte es laut auf und raschelte leise. Es war lustig, wie man es mit jedem Schritt beiseiteschieben mußte, so hoch geschichtet lag es da. Das machte Schsch-Schsch, ganz fein, ganz hell und silbern. Außerdem war es sehr nützlich, denn an diesen Tagen brauchte man sich mit Lauschen und Wittern keine besondere Mühe zu geben. Man hörte ja alles schon von weitem. Das Laub raschelte bei der kleinsten Bewegung; es schrie Schsch! Wer konnte sich da heranschleichen? Niemand.

Aber dann kam der Regen. Vom frühen Morgen bis zum späten Abend strömte er herunter, klatschte und plätscherte vom späten Abend die ganze Nacht bis wieder zum anderen Morgen, setzte eine Weile aus und begann mit frischer Kraft von neuem. Die Luft schien erfüllt von kaltem Wasser, die ganze Welt schien erfüllt davon. Man bekam den Mund voll Wasser, wenn man nur ein paar Grashalme zusammenraffen wollte, und zupfte man ein klein wenig an einem Strauch, dann stürzten einem ganze Güsse in die Augen und auf die Nase. Das Laub aber rauschte nicht mehr. Es lag weich und schwer am Boden, zerpreßt vom Regen, und gab überhaupt keinen Ton von sich. Bambi erlebte zum erstenmal, wie arg es war, tage- und nächtelang vom niederfallenden Wasser gestriemt und bis auf die Haut gewaschen zu werden. Er fror noch nicht, aber er sehnte sich nach Wärme, und er hielt es für eine jämmerliche Sache, so durchnäßt herumlaufen zu müssen.

Als aber dann noch der Nordsturm kam, lernte Bambi das Frieren kennen. Es half nicht viel, sich eng an die Mutter zu schmiegen. Ja natürlich, im Anfang fand er es großartig, so dazuliegen und es wenigstens auf der einen Seite hübsch warm zu haben. Allein der Sturmwind wütete nächtelang, tagelang im Walde umher. Es schien, als sei er von einem unbegreiflichen, eiskalten Zorn getrieben, bis zur

Tollheit, und als wolle er den Wald aus allen Wurzeln reißen und davontragen oder sonstwie vernichten. Die Bäume brausten von einem mächtigen Widerstand, sie kämpften gewaltig gegen den gewaltigen Angriff. Man hörte ihr langgezogenes Ächzen, ihr seufzendes Knarren, hörte den lauten Knall, mit dem die starken Äste splitterten, das zornige Krachen, mit dem da und dort der Stamm eines Baumes zerbrach und der Überwältigte aus allen Wunden seines zerspaltenen sterbenden Leibes aufschrie. Dann aber hörte man gar nichts mehr, denn der Sturm fiel nur noch grimmiger über den Wald her, und sein Brüllen verschlang alle anderen Stimmen.

Jetzt begriff Bambi, daß die Not gekommen war und die Armut. Er sah, wie sehr der Regen und der Sturm die Welt verändert hatten. Kein Blatt gab es mehr an Baum und Strauch. Wie ausgeraubt standen sie alle da, nackt am ganzen Leibe, der nun sichtbar war, und streckten ihre nackten, braunen Arme erbärmlich zum Himmel. Das Gras der Wiese war welk und schwärzlichbraun und so kurz, als wäre es dicht am Boden abgesengt worden. Auch in der Kammer sah es jetzt erbärmlich und kahl aus. Seit die grünen Wände verschwunden waren, konnte man nicht einmal hier mehr so ganz für sich sein wie früher, und zudem zog es von allen Seiten.

Eines Tages flog eine junge Elster über die Wiese. Etwas Weißes, Kühles fiel ihr ins Auge, nochmals, nochmals, und legte ihr einen leichten Schleier vor die Blicke. Kleine, weiche, blendend weiße Flöckchen tanzten um sie her. Die Elster hielt flatternd in ihrem Fluge inne, richtete sich steil auf und stieg höher in die Luft. Vergeblich. Die weichen, kühlen Flöckchen waren wieder da und fielen ihr wieder in die Augen. Noch einmal richtete sie sich gerade auf und stieg nochmals höher.

„Geben Sie sich keine Mühe, meine Beste“, rief eine Krähe, die über ihr in der gleichen Richtung hinzog, zu ihr herab, „geben Sie sich keine Mühe. So hoch können Sie nicht fliegen, daß Sie aus diesen Flocken hinauskommen. Das ist der Schnee.“

„Der Schnee?“ staunte die Elster und kämpfte gegen das Gestöber.

„Nun ja“, sagte die Krähe, „wir haben eben Winter. Und das ist der Schnee.“

„Verzeihen Sie“, entgegnete die Elster, „ich bin erst im Mai aus dem Nest gekommen. Ich kenne den Winter nicht.“

„Das geht manchem so“, bemerkte die Krähe, „Sie werden ihn schon kennenlernen.“

„Nun, wenn das der Schnee ist“, meinte die Elster, „dann will ich mich ein wenig setzen.“ Sie ließ sich auf einem Erlenzweig nieder und schüttelte sich.

Die Krähe flog schleppend weiter.

Bambi freute sich anfangs über den Schnee. Die Luft war still und mild, während die weißen Sterne niederschwebten, und dann sah die Welt so völlig neu aus. Es war heller geworden, sogar heiterer, wie Bambi meinte, und wenn die Sonne für eine kurze Weile hervorkam, dann leuchtete alles, dann funkelte und strahlte die weiße Decke so kräftig, daß man ganz geblendet wurde.

Aber bald hörte Bambi auf, sich über den Schnee zu freuen. Denn es wurde schwerer und schwerer, Nahrung zu finden. Man mußte den Schnee wegkratzen, und das kostete viele Mühe, bis so ein Fleckchen welkes Gras bloßgelegt war. Auch schnitt der Schnee in die Beine, und man mußte fürchten, wunde Füße zu bekommen. Gobo hatte sie schon. Freilich, mit Gobo stand es so, daß er überhaupt nicht viel ertragen konnte und seiner Mutter Sorgen machte.

Sie waren jetzt fast immer beisammen und hatten auch sonst mehr Geselligkeit als früher. Frau Ena kam beständig mit ihren Kindern. Neuerdings verkehrte auch Marena in ihrem Kreise, ein fast erwachsenes junges Mädchen. Zur Unterhaltung trug aber die alte Frau Nettla wohl am meisten bei. Sie stand ganz allein und hatte über alles ihre eigenen Gedanken. „Nein“, sagte sie, „mit Kindern befasse ich mich nicht mehr. Von diesem Spaß habe ich wirklich genug.“

Dann pflegte Faline zu fragen: „Warum? Wenn es ein Spaß ist?“ Und Frau Nettla tat, als ob sie erzürnt sei, und sagte: „Es ist aber ein schlechter Spaß, und ich habe genug davon.“ Alle unterhielten sich vortrefflich. Man saß beieinander und plauderte. Noch nie hatten die Kinder so viel zu hören bekommen.

Sogar von den Prinzen gesellte sich der eine oder der andere nun zu ihnen. Anfangs ging es dann ein wenig steif zu, besonders, weil die Kinder zuerst noch etwas scheu waren. Allein das gab sich bald, und es wurde gemütlich. Bambi bewunderte den Prinzen Ronno, der ein stattlicher Herr war, und den jungen, schönen Karus liebte er stürmisch. Sie hatten ihre Kronen abgeworfen, und Bambi betrachtete oft die beiden schiefergrauen, runden Platten, die sich auf dem Haupte der Prinzen abzeichneten, glatt, schimmernd, mit vielen zarten Punkten. Es sah sehr vornehm aus.

Ungeheuer spannend war es, wenn einer der Prinzen von Ihm erzählte. Ronno hatte am linken Vorderlauf einen dicken, pelzbewachsenen Knollen. Er lahmte auch auf diesem Bein, und er pflegte manchmal zu sagen: „Merkt man eigentlich, daß ich hinke?“ Alle beeilten sich zu beteuern, davon merke man nicht das geringste. Das war es, was Ronno hören wollte. Man merkte es übrigens auch wirklich nur wenig. „Ja“, fuhr er dann fort, „da habe ich mich aus einer bösen Sache gerettet.“ Und dann erzählte Ronno, wie Er ihn überrascht und ihm das Feuer zugeschleudert hatte. Aber er war nur hier am Bein getroffen worden. Geschmerzt habe es zum Rasendwerden. Kein Wunder. Der Knochen zerschmettert. Aber Ronno verlor die Fassung nicht. Auf und davon, mit drei Beinen. Immer weiter, trotz der Ermattung, denn er merkte wohl, daß er verfolgt wurde. Er lief und lief, bis die Nacht kam. Dann gönnte er sich Ruhe. Aber am anderen Morgen zog er wieder weit fort, bis er sich in Sicherheit fühlte. Dann pflegte er sich, blieb allein und verborgen und wartete, daß die Wunde sich schließen solle. Endlich trat er wieder hervor und war ein Held. Er hinkte, aber das merkte man kaum.

Jetzt, da alle so oft und so lange beisammen blieben und viele Geschichten erzählt wurden, hörte Bambi mehr von Ihm als vorher. Sie sprachen davon, wie schrecklich Er anzusehen sei. Niemand könne es ertragen, in dieses blasse Antlitz zu schauen. Bambi wußte das schon aus eigener Erfahrung. Auch von der Witterung sprachen sie, die Er verbreitete, und auch hier hätte Bambi mitreden können, wenn er nicht zu wohlerzogen gewesen wäre, um sich in das Gespräch der Erwachsenen zu mengen. Sie sagten, diese Witterung sei auf eine rätselhafte Art tausendfach wechselnd und doch sofort erkennbar, denn sie sei immer merkwürdig erregend, unergründlich, geheimnisvoll und an sich schon ein Entsetzen. Sie sprachen davon, daß Er nur zwei Beine zum Gehen brauche, und sprachen von der wunderbaren Gewalt seiner beiden Hände. Einige wußten nicht genau, was das eigentlich sei: Hände. Als es aber erklärt wurde, meinte Frau Nettla: „Ich finde da nichts zu bewundern. Das Eichhörnchen macht alles das, was ihr da schildert, genau so, und jede kleine Maus kann dasselbe Kunststück.“ Sie wandte geringschätzig den Kopf weg. „Oho!“ riefen die anderen und gaben ihr zu verstehen, das sei noch lange nicht dasselbe. Aber Frau Nettla war nicht einzuschüchtern: „Und der Falke?“ rief sie, „und der Bussard? Und die Eule? Die haben doch überhaupt nur zwei Beine, und wenn sie etwas anfassen wollen, wie ihr das nennt, so stehen sie bloß auf einem einzigen Bein und fassen mit dem anderen zu. Das ist viel schwerer, und das kann Er gewiß nicht.“ Frau

Nettla war durchaus nicht geneigt, an Ihm etwas zu bewundern. Sie haßte Ihn aus ganzem Herzen. „Er ist ekelhaft“, sagte sie, und dabei blieb sie. Es widersprach ihr auch niemand, denn keiner fand, daß Er liebenswert sei. Doch die Sache verwickelte sich, als davon gesprochen wurde, daß Er eine dritte Hand habe, nicht bloß zwei Hände, sondern eine dritte. „Das ist ein altes Geschwätz“, entschied Frau Nettla kurzweg, „ich glaub's nicht.“ – „So?“ mengte sich hier Ronno ein, „und womit hat Er mir dann das Bein zertrümmert? Wollen Sie mir das nicht sagen?“ – Frau Nettla erwiderte sorglos: „Das ist Ihre Sache, mein Lieber, mir hat Er nichts zertrümmert.“ – Tante Ena sagte: „Ich habe viel gesehen in meinem Leben, und ich denke, es ist schon etwas dran, wenn behauptet wird, Er habe eine dritte Hand.“ – Der junge Karus bemerkte höflich: „Da kann ich Ihnen nur beistimmen. Ich bin mit einer Krähe befreundet . . .“ Er hielt einen Augenblick verlegen inne und sah alle der Reihe nach an, als fürchte er, ausgelacht zu werden. Als er aber sah, daß man ihn aufmerksam anhörte, fuhr er fort: „Die Krähe ist ungemein gebildet. Das muß ich sagen. Erstaunlich gebildet ist sie . . . Und sie erzählte, Er habe wirklich drei Hände, aber nicht immer. Die dritte Hand, sagt die Krähe, ist die böse. Sie ist nicht angewachsen wie die beiden anderen, sondern Er trägt sie über die Schulter gehängt. Die Krähe erzählt, sie wisse ganz genau, ob Er oder sonst einer Seiner Sippe gefährlich sei oder nicht. Wenn Er ohne die dritte Hand daherkomme, dann sei Er nicht gefährlich.“ – Frau Nettla lachte: „Deine Krähe ist ein dummes Ding, mein lieber Karus, bestelle ihr das von mir. Wenn sie so klug wäre, wie sie glaubt, würde sie wissen, daß Er immer gefährlich ist, immer.“ – Aber die anderen machten Einwendungen. Bambis Mutter meinte: „Es gibt doch welche unter ihnen, die gar nicht gefährlich sind. Das merkt man gleich.“ – „So?“ fragte Frau Nettla, „dann bleibst du wohl stehen, bis sie herankommen, und sagst ihnen guten Tag?“ Bambis Mutter erwiderte sanft: „Freilich bleibe ich nicht stehen, ich laufe davon.“ Und Faline platzte heraus: „Man muß immer laufen!“ Alle lachten. Als sie aber von der dritten Hand weitersprachen, wurden sie ernst, und allmählich trat das Grauen in ihre Mitte. Denn was es auch immer sein mochte, eine dritte Hand oder etwas anderes, es war furchtbar, und sie begriffen es nicht. Die meisten wußten es nur aus den Erzählungen anderer, einige von ihnen aber hatten es selbst gesehen: Er stand da, weit entfernt, und rührte sich nicht; man konnte es nicht erklären, was Er tat, noch wie es geschah, doch auf einmal gab es einen Donnerschlag, Feuer sprühte auf, und weit weg von Ihm brach man mit zerrissener Brust zusammen, um zu sterben. Sie duckten sich alle, während sie davon redeten, als fühlten sie die dunkle Gewalt, die unerforschlich über ihnen herrschte. Begierig lauschten sie den vielen Erzählungen, die immer voll von Schrecknissen waren, voll Blut und Jammer. Unermüdlich nahmen sie alles auf, was davon gesprochen wurde. Geschichten, die sicherlich erfunden waren, alle Märchen und Sagen, die von den Großvätern und Urgroßvätern stammten, und in allem forschten sie, unbewußt, in Angst, wie diese dunkle Gewalt zu versöhnen wäre, oder wie man ihr entrinnen könne.

„Wie geht das nur zu“, sagte der junge Karus ganz versunken, „daß Er so weit weg ist und einen dennoch umwirft?“

„Hat dir das deine kluge Krähe nicht erklärt?“ spottete Frau Nettla.

„Nein“, lächelte Karus, „sie sagt, sie habe es oft gesehen, aber erklären könne es niemand.“

„Nun, Er schleudert ja auch die Krähe vom Baum, wenn Er will“, bemerkte Ronno.

„Und Er holt den Fasan aus der Luft“, setzte Tante Ena hinzu.

Bambis Mutter sagte: „Er wirft Seine Hand. Meine Großmutter hat es mir erzählt.“

„So“, fragte Frau Nettla, „und was ist es denn, das so entsetzlich donnert?“

„Wenn Er Seine Hand von sich losreißt“, erklärte Bambis Mutter, „dann blitzt das Feuer auf, und es kracht wie Donner. Er ist inwendig ganz aus Feuer.“

„Verzeihen Sie“, sprach Ronno, „daß Er inwendig ganz aus Feuer ist, hat seine Richtigkeit. Aber das mit der Hand ist ein Irrtum. Eine Hand könnte nicht solche Wunden schlagen. Sie werden das selbst einsehen. Es ist vielmehr ein Zahn, den Er nach uns schleudert. Sehen Sie, ein Zahn, das erklärt vieles. Und man stirbt eben von Seinem Biß.“

Der junge Karus seufzte tief. „Wird Er niemals aufhören, uns zu verfolgen?“

Da sprach Marena, das Mädchen, das fast schon erwachsen war: „Es heißt, eines Tages wird Er unter uns treten und sanft sein wie wir. Er wird mit uns spielen, der ganze Wald wird glücklich sein, und wir werden uns versöhnen.“

Frau Nettla schrie lachend auf: „Er soll bleiben, wo Er ist, und uns in Ruhe lassen!“

Tante Ena meinte verweisend: „Aber so was darf man doch nicht sagen.“

„Warum denn nicht?“ entgegnete Frau Nettla hitzig. „Das seh' ich wirklich nicht ein. Versöhnen! Seit wir denken können, mordet Er uns, uns alle, unsere Schwestern, unsere Mütter, unsere Brüder! Seit wir auf der Welt sind, läßt Er uns keinen Frieden, tötet Er uns, wo wir uns zeigen . . . und dann sollen wir uns mit Ihm versöhnen? Was für eine Dummheit!“

Marena sah alle mit großen Augen an, die ruhig glänzten. „Versöhnung ist keine Dummheit“, sprach sie. „Versöhnung muß kommen.“

Frau Nettla wandte sich ab. „Ich such' mir was zu essen“, sagte sie und lief davon.

Der Winter dauerte an. Manchmal wurde es milder, aber dann fiel auch gleich wieder Schnee und lag immer höher, so daß es unmöglich wurde, ihn wegzuscharren. Schlimm war es, wenn einmal Tauwetter kam und der zu Wasser geschmolzene Schnee des Nachts doch wieder gefror. Das gab eine dünne Eisfläche, auf der man leicht ausglitt. Auch zerbrach sie oft, und ihre scharfen Splitter schnitten die zarten Fesselgelenke der Rehe blutig. Jetzt aber war harter Frost eingefallen, schon seit Tagen. Die Luft war rein und dünn wie noch nie und voll Kraft. Sie begann in einem ganz feinen, hohen Ton zu klingen. Sie sang vor Kälte.

Im Walde war es still, aber jeden Tag passierte jetzt etwas Schreckliches. Einmal überfielen die Krähen den jungen Sohn des Hasen, der ohnehin krank darniederlag, und töteten ihn auf grausame Weise. Man hörte ihn lange und erbärmlich klagen. Freund Hase war eben unterwegs, und als er die traurige Nachricht empfing, konnte er sich gar nicht fassen. – Ein anderes Mal lief das Eichhörnchen mit einer großen Wunde an der Kehle herum, die ihm der Marder gebissen hatte. Wie durch ein Wunder war ihm das Eichhörnchen entwischt. Es konnte nicht sprechen vor Schmerz, aber es rannte durch alle Zweige. Jeder konnte es sehen. Es rannte wie toll. Von Zeit zu Zeit hielt es inne, setzte sich, hob verzweifelt die Vorderpfoten, griff sich an den Kopf in seinem Schreck und in seinem Kummer, und dabei stürzte ihm das rote Blut über die weiße Brust. Eine Stunde lief es so umher, dann brach es plötzlich zusammen, schlug plump gegen die Äste und fiel sterbend in den Schnee. Sogleich kamen ein paar Elstern herbei, um ihren Schmaus zu beginnen. – Wieder ein anderes Mal zerriß der Fuchs den schönen starken Fasan, der sich allgemeiner Achtung und Beliebtheit erfreut hatte. Sein Tod erregte weitherum große Teilnahme, und man bedauerte die trostlose Witwe. Der Fuchs hatte den Fasan aus dem Schnee gezogen, worin er sich eingewühlt hatte und gut versteckt glaubte. Niemand fühlte sich mehr sicher, denn dies alles geschah am hellen Tage. Die große Not, die kein Ende nehmen wollte, verbreitete Erbitterung und Roheit. Sie machte alle Erfahrungen zunichte, untergrub das Gewissen, vernichtete jede gute Sitte und zerstörte das Vertrauen. Es gab kein Erbarmen mehr, keine Ruhe, kein Zurückhalten.

„Man kann sich gar nicht denken, daß es einmal besser wird", seufzte Bambis Mutter.

Auch Tante Ena seufzte. „Und man kann sich gar nicht denken, daß es jemals besser war."

„Oh, doch", sagte Marena und schaute vor sich hin, „ich denke beständig daran, wie schön es früher gewesen ist!"

„Hören Sie", sagte Frau Nettla zu Tante Ena, „Ihr Kleiner zittert ja!" Sie zeigte auf Gobo. „Zittert er immer so?"

„Leider", antwortete Tante Ena bekümmert, „schon seit mehreren Tagen."

„Na", meinte Frau Nettla in ihrer offenen Art, „ich bin nur froh, daß ich keine Kinder mehr habe. Wenn der Kleine da mein wäre, hätte ich Angst, ob er den Winter übersteht."

Es sah wirklich nicht gut aus mit Gobo. Er war schwach, war schon immer viel zarter gewesen als Bambi oder Faline und war auch kleiner geblieben als die beiden. Jetzt aber ging es ihm von Tag zu Tag schlechter. Er konnte die Nahrung nicht vertragen, die es jetzt gab. Sie verursachte ihm Leibschmerzen. So war er von der Kälte und den Übelkeiten ganz entkräftet. Er zitterte fortwährend und hielt sich kaum aufrecht. Alle schauten ihn teilnehmend an.

Frau Nettla trat zu ihm und stieß ihn freundlich in die Seite. „Nur nicht traurig sein", sagte sie streng, „das schickt sich nicht für einen kleinen Prinzen, und es ist ungesund." Sie wandte sich ab, weil niemand merken sollte, wie gerührt sie war.

Ronno, der ein wenig abseits im Schnee gesessen hatte, sprang auf. „Ich weiß nicht, was das ist . . ." murmelte er und spähte umher.

Man wurde aufmerksam. „Was denn . . .?" fragten alle.

„Ich weiß es eben nicht", wiederholte Ronno, „aber ich bin unruhig . . . auf einmal bin ich unruhig . . . als ob etwas los wäre . . ."

Karus hatte die Luft geprüft. „Ich spüre nichts Besonderes“, erklärte er.

Sie standen alle da, lauschten alle und prüften die Luft. „Nichts!“ „Nichts zu spüren . . .“ meinte eines nach dem anderen.

„Trotzdem!“ beharrte Ronno, „ihr mögt sagen, was ihr wollt . . . es ist etwas los . . .“

Marena sagte: „Die Krähen haben gerufen . . .“

„Sie rufen wieder!“ fügte Faline rasch hinzu; aber nun hatten es die andern auch schon gehört.

„Da fliegen sie!“ machte Karus die übrigen aufmerksam.

Alle blickten empor. Über die Baumwipfel weg strichen Krähen in Scharen. Sie kamen vom letzten Rande des Waldes, von dort her, von wo immer die Gefahr sich näherte, und sie sprachen da oben verdrießlich miteinander. Augenscheinlich hatte es eine besondere Störung gegeben.

„Nun, habe ich nicht recht gehabt?“ fragte Ronno. „Man sieht doch, daß etwas im Gange ist!“

„Was soll man tun?“ flüsterte Bambis Mutter ängstlich.

„Sofort weg!“ drängte Tante Ena aufgeregt.

„Warten!“ bestimmte Ronno.

„Warten? Mit den Kindern?“ Tante Ena widersprach.

„Wo Gobo doch nicht laufen kann?“

„Also gut“, gab Ronno zu, „entfernen Sie sich mit Ihren Kindern. Ich halte es freilich für zwecklos, aber ich möchte später keine Vorwürfe haben.“

Er war ernst und gefaßt.

„Komm, Gobo! Faline, komm! Aber leise! Langsam! Und immer hinter mir“, mahnte Tante Ena. Sie schlich mit den Kindern fort.

Eine Zeit verstrich. Sie standen still, lauschten und witterten.

„Das fehlt uns noch“, begann Frau Nettla, „das haben wir noch nötig zu allem, was wir jetzt ausstehen müssen!“ Sie war sehr ärgerlich. Bambi sah sie an und fühlte, daß sie an etwas Schreckliches dachte.

Da schäkerten auch schon die Elstern auf derselben Seite des Dickichts, aus dem die Krähen hergeflogen waren, drei, vier auf einmal. „Gebt acht, acht, acht, acht!" riefen sie. Man sah sie noch nicht, aber man hörte sie nacheinander, ineinander rufen und warnen: „Achtachtacht!" Nun kamen sie näher, flatterten weiter, ruhelos und erschrocken.

„Hach!" kreischten die Häher auf. Laut rätschten sie Alarm.

Plötzlich fuhren alle Rehe zusammen, gleichzeitig. Es hatte sie wie ein Schlag durchzuckt. Nun standen sie still und zogen die Luft ein.

Das war Er.

Eine Welle von Witterung flutete daher, erfüllt wie noch nie. Hier gab es nichts mehr zu prüfen. Der Geruch stieg ihnen in die Nase, er benebelte ihre Sinne und ließ ihr Herz erstarren.

Noch schäkerten die Elstern, ratschten die Häher über ihnen, aber nun war es überall lebendig geworden. Die Meisen schwirrten durch die Äste, hunderte kleine gefiederte Bälle, und zirpten: „Fort! Fort!" Amselflug strich schwarz und blitzschnell über die Bäume mit langgezogenem Zwitscherschrei. Durch das dunkle Gitter der kahlen Büsche sahen die Rehe auf dem weißen Schneeboden ein wirres Hin- und Herrennen schmaler kleiner Schattengestalten. Das waren die Fasanen. Dort schimmerte es rot auf. Wahrhaftig, das war der Fuchs. Aber niemand hatte jetzt Angst vor ihm. Denn beständig strömte in breiten Wellen dieser furchtbare Geruch heran, der ihnen Entsetzen ins Gemüt hauchte und sie alle zusammen einigte, in einer einzigen tollen Angst und in einem einzigen Fieberverlangen, sich zu flüchten, sich zu retten.

Diese geheimnisvolle, überwältigende Witterung durchdrang den Wald mit solcher Kraft, daß sie erkannten, Er sei diesmal nicht allein, sondern wohl mit all den Seinigen herbeigekommen, und es gehe nun um das Äußerste.

Sie regten sich nicht, sahen die Meisen an, die in geschleudertem Flattern davonhuschten, die Amseln, die Eichhörnchen, die in rasenden Sprüngen von Gipfel zu Gipfel sausten; sie dachten, daß alle diese Kleinen im Grunde nichts zu fürchten brauchten. Trotzdem begriffen sie ihre Flucht, wenn Er zu spüren war, denn kein Geschöpf des Waldes ertrug Seine Nähe.

Jetzt hoppelte Freund Hase zögernd daher, saß still, hoppelte weiter.

„Was gibt's?" rief ihm Karus ungeduldig entgegen.

Aber Freund Hase sah nur mit irren Augen um sich und konnte nicht gleich sprechen. Er war ganz verstört.

„Wozu noch fragen . . ." meinte Ronno düster.

Freund Hase schnappte nach Atem. „Wir sind umstellt", sagte er tonlos. „Auf keiner Seite kann man hinaus. Überall ist Er!"

In diesem Augenblick vernahmen sie Seine Stimme. Zwanzigfach, dreißigfach schrie Er auf. Hoho! Haha! Es dröhnte erschütternder als Sturm und Gewitter. An die Baumstämme schlug Er, daß es trommelte. Es war grauenerregend und niederschmetternd. Fernes Rauschen und Knacken von geteiltem Buschwerk drang herüber. Kreischen und Krachen von zerbrochenen Zweigen.

Er kam! – Er kam hier herein ins Dickicht.

Dort hinten tönte jetzt pfeifendes, kurzes Trillern, breites Knattern von entfalteten Schwingen. Dort stand schon ein Fasan auf unter Seinen Tritten. Sie hörten das Flügelbrausen des Fasans leiser werden, hoch in der Luft. Ein heller Donnerschlag. Stille. Dann ein dumpfes Aufschlagen am Boden. „Der Fasan ist gefallen", sagte Bambis Mutter bebend. „Der Erste . . ." fügte Ronno hinzu. Marena, das junge Mädchen, sprach: „In dieser Stunde werden manche von uns sterben. Vielleicht werde ich darunter sein." Niemand hörte ihr zu. Nun war der große Schrecken da.

Bambi versuchte zu denken. Aber der tobende Lärm, den Er nun höher und höher anschwellen ließ, zerriß jeden Gedanken. Bambi hörte nichts anderes als diesen Lärm, von dem man betäubt wurde, und mitten drin in all dem Heulen, Grölen und Krachen hörte er sein eigenes Herz pochen. Er fühlte nur Neugierde und wußte gar nicht, daß er an allen Gliedern zitterte. Von Zeit zu Zeit sagte ihm seine Mutter ins Ohr: "Bleib nur bei mir." Sie schrie, doch im Getöse war es Bambi, als ob sie flüstern würde. Dies „Bleib nur bei mir" bot ihm eine Stütze. Es hielt ihn fest wie an einer Kette, sonst wäre er ohne Besinnen drauflosgerannt, und er hörte es immer gerade in dem Augenblick, wenn er die Fassung verlieren und fortlaufen wollte. Er blickte um sich. Es wimmelte von allerlei Volk, das blind durcheinander irrte. Ein paar Wiesel rannten vorbei, dünne, schlängelnde Streifen, denen man kaum mit den Augen folgen konnte. Ein Iltis horchte wie gebannt auf jede Auskunft, die der verzweifelte Hase stockend gab. Dort stand der Fuchs in einem ganzen Getümmel trippelnder Fasanen. Sie kümmerten sich nicht um ihn, liefen ihm dicht vor die Nase, und er kümmerte sich nicht um sie. Ohne sich zu regen, den Hals gerade vorgestreckt, mit hochgespitzten Ohren und arbeitender Nase lauschte er dem anrückenden Getöse entgegen. Nur seine Rute bewegte sich, leise schlagend. Das war wie ein angestrengtes Überlegen. Ein Fasan kam voll Eile. Er kam von da hinten, aus der ärgsten Gefahr, und war außer sich. „Man soll nicht aufsteigen!" rief er den Seinigen zu. „Nicht aufsteigen . . . nur laufen! Man soll sich nicht hinreißen lassen! Niemand soll aufsteigen! Nur laufen, laufen, laufen!" Er wiederholte immer dasselbe, als ob er sich selbst ermahnen wollte. Aber er wußte nicht mehr, was er sprach. Hoho! Haha! zeterte es scheinbar ganz nahe. „Man soll sich nicht hinreißen lassen!" rief der Fasan. Zugleich schnappte ihm die Stimme in pfeifendes Schluchzen, mit lautem Knattern breitete er die Schwingen und flog auf. Bambi sah ihm nach, wie er gerade und steil zwischen den Bäumen emporflog, flügelrauschend, prunkvoll schimmernd mit dem metallisch dunkelblauen, goldbraunen Glanz seines Leibes, herrlich wie ein Geschmeide. Die Schleppe seiner langen Stoßfedern fegte stolz hinter ihm drein. Scharf gellte der kurze Donnerschlag auf. Der Fasan dort oben schnappte zusammen, drehte sich um sich selbst, als wolle er mit dem Schnabel nach seinen Beinen haschen, und stürzte wuchtig herunter. Er fiel mitten unter die anderen und rührte sich nicht mehr.

Nun behielt niemand seine Fassung. Alles stob auseinander. Fünf, sechs Fasanen erhoben sich zugleich mit lautem Knattern. „Nicht aufsteigen", riefen die übrigen und rannten. Der Donner knallte, fünfmal, sechsmal, und von den Aufgeflogenen kamen einige in leblosem Sturze wieder zu Boden.

„Komm jetzt!" sagte die Mutter. Bambi schaute auf. Ronno und Karus waren schon weg. Dort verschwand Frau Nettla. Nur Marena war noch bei ihnen. Bambi ging mit seiner Mutter. Marena folgte ihnen bescheiden. Es tobte, krachte, brüllte und donnerte um sie her. Die Mutter war ruhig. Sie zitterte nur leise, aber sie hielt ihre Gedanken beisammen. „Bambi, mein Kind", sagte sie, „bleibe immer hinter mir. Wir müssen hier hinaus, und über die Blöße. Aber hier innen gehen wir langsam."

Das Brüllen wurde zum Rasen. Zehn-, zwölfmal krachte der Donner, den Er aus seinen Händen schleuderte.

„Laß nur", sagte die Mutter. „Nicht laufen! Erst wenn wir über die Blöße müssen, dann lauf, was du kannst. Und vergiß nicht, Bambi, mein Kind, achte nicht mehr auf mich, wenn wir einmal draußen sind. Auch wenn ich falle, achte nicht darauf . . . nur weiter, weiter! Verstehst du, Bambi?"

Die Mutter ging im dröhnenden Lärm planvoll Schritt vor Schritt. Kreuz und quer liefen die Fasanen, drückten sich in den Schnee, sprangen wieder heraus, begannen wieder zu laufen. Die ganze Familie des Hasen hoppelte hin und her, setzte sich, hoppelte wieder. Niemand sprach ein Wort. Sie waren alle erschöpft vor Angst, gelähmt vom Brüllen und von den Donnerschlägen.

Vor Bambi und seiner Mutter wurde es lichter. Durch das Gitter der Büsche schimmerte die Blöße. Hinter ihnen, näher und immer näher, prasselte das aufscheuchende Trommeln an die Baumstämme, kreischte das Brechen der Zweige, brüllte das Haha und Hoho!

Dicht an ihnen vorbei stob jetzt Freund Hase mit zwei Vettern hinaus über die Lichtung. Bumm! Peng, bamm! knallte der Donner. Bambi sah, wie Freund Hase mitten im Laufen einen weichen Purzelbaum schlug, den hellen Bauch nach oben kehrte und liegen blieb. Er zappelte ein wenig, dann war er still. Bambi stand versteinert.

Aber hinten ihnen rief es: „Sie sind da! Alles muß jetzt hinaus!"

Breites Rauschen von hastig entfalteten Schwingen, Pfeifen, Schluchzen, Sausen von Gefieder, Flattern. Die Fasanen stiegen auf, erhoben sich fast gleichzeitig in ganzen Garben. Die Luft zerbarst von vielfältigem Donner, und man hörte das dumpfe Plumpen der Gefallenen, hörte das feine pfeifende Abstreichen der Geretteten.

Bambi vernahm Schritte und blickte zurück. Da war Er. Zwischen dem Gebüsch brach Er hervor, dort und da und wieder dort. Überall tauchte Er auf, schlug um sich, zerhieb die Stauden, trommelte an die Stämme und schrie mit furchtbarer Stimme.

„Jetzt!" sagte die Mutter. „Geradeaus! Und nicht zu nahe hinter mir!" Mit einem Satz war sie draußen, daß der Schnee nur so staubte. Bambi raste hinter ihr drein. Donner schlug von allen Seiten über ihnen zusammen. Es war, als wäre die Erde mitten entzwei gerissen. Bambi sah nichts. Er rannte. Die angesammelte Begierde, wegzukommen aus dem Getöse, weg aus dem Dunstbereich dieser aufpeitschenden Witterung, der angesammelte Drang zur Flucht, die Sehnsucht, sich zu retten, waren endlich in ihm entfesselt. Er rannte. Ihm schien, als habe er die Mutter stürzen sehen, aber er wußte nicht, ob sie wirklich gestürzt war. Er fühlte einen Schleier um die Augen. Den hatte ihm die endlich ausbrechende Angst vor dem Donner, der ihn umdröhnte, darüber geworfen. Er konnte nichts überlegen, nichts beachten, er rannte.

Die Blöße war überquert. Ein neues Dickicht nahm ihn auf. Hinter ihm klang noch einmal das Geschrei, donnerte noch einmal das scharfe Knallen, und in den Zweigen über ihm prasselte es ganz kurz wie erstes Sprühen von Hagel. Dann wurde es stiller. Bambi rannte. Ein sterbender Fasan lag mit verdrehtem Halse auf dem Schnee und schlug nur noch matt mit den Schwingen. Als er Bambi kommen hörte, hielt er mit seinen krampfhaften Bewegungen inne und flüsterte: „Es ist aus . . .“ Bambi achtete nicht auf ihn und rannte weiter. Wirres Gestrüpp, in das er geriet, zwang ihn, seinen Lauf zu mäßigen und einen Pfad zu suchen. Ungeduldig schlug er mit den Beinen um sich. „Hier herum“, rief jemand mit gebrochener Stimme. Bambi folgte unwillkürlich und kam sogleich an eine gangbare Stelle. Aber vor ihm richtete sich jemand mühsam auf. Es war die Frau des Hasen. Sie hatte gerufen. „Könnten Sie mir nicht ein wenig behilflich sein?“ sagte sie. Bambi sah sie an und war erschüttert. Ihre Hinterbeine schleiften leblos im Schnee, der, vom heiß hervortropfenden Blut rot gefärbt, zerschmolz. Noch einmal sagte sie: „Könnten Sie mir nicht ein wenig behilflich sein?“ Sie sprach, als ob sie gesund wäre, gelassen und fast heiter. „Ich weiß nicht, was mir passiert ist“, fuhr sie fort, „es ist gewiß nicht von Bedeutung . . . nur gerade jetzt . . . ich kann jetzt nicht gehen . . .“ Mitten im Sprechen sank sie zur Seite und war tot. Bambi wurde aufs neue von Entsetzen ergriffen und rannte.

„Bambi!“

Mit einem Ruck stand er still. Das war jemand von den Seinen.

Nochmals klang es: „Bambi . . . Bist du's?“

Dort steckte Gobo hilflos im Schnee. Er war ganz kraftlos, konnte nicht einmal auf den Beinen stehen, lag wie vergraben und hob nur matt seinen Kopf. Bambi trat erhitzt zu ihm.

„Wo ist deine Mutter, Gobo?“ fragte er mit keuchendem Atem, „und wo ist Faline?“ Bambi sprach schnell, aufgeregt und ungeduldig. Die Angst pochte noch unvermindert in seinem Herzen.

„Die Mutter und Faline mußten fort“, antwortete Gobo ergeben. Er redete leise, aber so ernst und klug wie ein Erwachsener. „Sie mußten mich hier liegen lassen. Ich bin gefallen. Auch du mußt fort, Bambi.“

„Auf!“ schrie Bambi. „Auf, Gobo! Du hast dich genug ausgeruht. Es ist keine Zeit mehr dazu! Auf! Komm mit mir!“

„Nein, laß nur“, erwiderte Gobo still, „ich kann nicht aufstehen. Es ist unmöglich. Ich möchte ja gerne, Bambi, das kannst du dir wohl denken, aber ich bin zu schwach.“

„Was soll denn mit dir werden?“ drängte Bambi.

„Ich weiß es nicht. Wahrscheinlich werde ich sterben“, sagte Gobo einfach.

Das Geschrei erhob sich wieder und scholl herüber. Dazwischen neue Donnerschläge. Bambi fuhr zusammen. Im Gezweige knackte es rasch, es klopfte eilig durch den Schnee, und im Saus galoppierte der junge Karus einher. „Laufen!“ rief er, da er Bambi erblickte. „Nicht stehen bleiben, wer noch laufen kann!“ Im Nu war er vorüber, und seine ungestüme Flucht riß Bambi mit sich fort. Bambi wußte gar nicht recht, daß er wieder zu rennen begonnen hatte, und erst nach einer Weile sagte er: „Leb wohl, Gobo.“ Aber da war er schon zu weit weg. Gobo konnte ihn nicht mehr hören.

Er rannte im Walde, der vom Lärm und Donner durchwühlt war, umher bis zum Abend. Als die Dunkelheit niederschwebte, wurde es ruhig. Ein leichter Wind blies bald auch die abscheuliche Witterung fort, die überall verbreitet war. Doch die Erregung blieb. Der erste Bekannte, den Bambi wiedersah, war Ronno. Er hinkte mehr als je. „Drüben im Eichengrund“, erzählte Ronno, „liegt der Fuchs im Wundfieber. Ich bin eben an ihm vorbeigekommen. Es ist schrecklich, wie er leidet. Er beißt in den Schnee und in die Erde.“

„Haben Sie meine Mutter nicht gesehen?“ fragte Bambi. „Nein“, antwortete Ronno scheu und ging schnell weg.

Später, in der Nacht, traf Bambi Frau Nettla mit Faline. Sie freuten sich sehr, alle drei.

„Hast du meine Mutter nicht gesehen?“ fragte Bambi.

„Nein“, gab Faline zurück, „ich weiß noch nicht einmal, wo meine Mutter ist.“

„Na“, sagte Frau Nettla munter, „das ist mir eine schöne Bescherung. Ich war froh, daß ich mich nicht mehr mit Kindern abzuplagen brauche, und jetzt habe ich gleich zwei auf einmal, für die ich sorgen muß. Ich danke!“

Bambi und Faline lachten.

Sie sprachen von Gobo. Bambi erzählte, wie er ihn gefunden, und sie wurden so traurig, daß sie zu weinen begannen. Aber Frau Nettla erlaubte nicht, daß sie weinten. „Vor allem müßt ihr jetzt sehen, daß ihr etwas zu essen findet. Das ist ja unerhört! Den ganzen Tag hat man keinen Bissen zu sich genommen." Sie führte die beiden an Plätze, wo es noch etwas Laub gab, das niedrig hing und noch nicht ganz verdorrt war. Frau Nettla wußte vortrefflich Bescheid. Sie selbst rührte nichts an, sondern trieb Bambi und Faline, tüchtig zu essen. Sie schlug ihnen an grasigen Stellen den Schnee fort und befahl: „Hier . . . das ist gut", oder sie sagte: „Nein, wartet . . . wir finden gleich etwas Besseres." Dazwischen aber schalt sie: „Zu dumm! Was man mit Kindern für Scherereien hat!"

Plötzlich sahen sie Tante Ena kommen und stürzten ihr entgegen. „Tante Ena!" rief Bambi. Er hatte sie zuerst erblickt. Faline war außer sich vor Freude und sprang an ihr empor. „Mutter!" Aber Ena weinte und war zu Tode erschöpft. „Gobo ist fort", klagte sie. „Ich habe ihn gesucht . . . ich bin an seinem Bettchen gewesen, dort im Schnee, wo er mir zusammenbrach . . . es war leer . . . er ist fort . . . mein armer kleiner Gobo . . ."

Frau Nettla murrte: „Hätten Sie lieber nach seiner Fährte geschaut, das wäre gescheiter gewesen als weinen."

„Es gibt keine Fährte von ihm", sagte Tante Ena.

„Aber . . . Er! . . . Er hat viele Fährten dort zurückgelassen . . . Er ist an Gobos Bett gewesen . . ."

Sie schwiegen. Dann fragte Bambi mutlos: „Tante Ena . . . hast du meine Mutter nicht gesehen?"

„Nein", antwortete Tante Ena leise.

Bambi sah seine Mutter niemals wieder.

Die Weiden hatten längst ihre Kätzchen verloren. Alles begann zu grünen, aber die jungen Blätter an Strauch und Baum waren noch klein. Vom zarten Licht dieser frühen Morgenstunde überschimmert, sahen sie in ihrer lächelnden Frische aus wie kleine Kinder, die eben aus dem Schlaf erwacht sind.

Vor einem Haselstrauch stand Bambi und schlug seine neue Krone gegen das Holz. Das war so angenehm. Und außerdem war es auch notwendig, denn immer noch umhüllten Bast und Pelz den Schmuck seines Hauptes. Die mußten herunter, selbstverständlich; und wer auf Ordnung hielt, der wartete nicht, bis sie von selbst abfielen. Bambi fegte seine Krone, daß die Basthülle in Fetzen riß und ganze Streifen davon ihm um die Lauscher baumelten. Während er gegen den Haselstrauch schlug, auf und ab, fühlte er, daß seine Krone härter war als der Haselstock. Dieses Gefühl durchdrang ihn mit einem Rausch von Kraft und

Stolz. Heftiger drang er auf den Haselstrauch ein und riß ihm das Rindenkleid in langen Stücken auseinander. Das weiße Holz kam nackt zum Vorschein und lief alsbald in der ungewohnten freien Luft rostrot an. Bambi konnte darauf keine Rücksicht nehmen. Er sah das helle Fleisch des Holzes unter seinen Hieben aufblitzen, und das begeisterte ihn. Hier in der Runde trugen noch manche andere Haselbüsche und Hartriegelsträucher die Spuren seiner Arbeit.

„Nun sind Sie wohl bald fertig . . .?“ sagte eine muntere Stimme nahe bei ihm.

Bambi warf das Haupt empor und blickte sich um.

Da saß das Eichhörnchen und sah ihn freundlich an.

Bambi und das Eichhörnchen erschraken beinahe. Doch der Specht, der dicht am Stamme der Eiche hockte, rief herunter: „Entschuldigen Sie . . . ich muß jedesmal lachen, wenn ich Ihnen so zuschaue.“

„Was gibt's denn da so laut zu lachen?“ fragte Bambi höflich.

„Nun“,meinte der Specht, „Sie fangen eben die Sache ganz falsch an. Erstens müßten Sie sich an starke Bäume halten, denn bei dem dünnen Haselstöckchen kommt doch nichts heraus.“

„Was soll denn herauskommen?“ erkundigte sich Bambi.

„Käfer . . .“ lachte der Specht. „Käfer und Larven . . . Sehen Sie, das macht man so!“ Er trommelte an dem Eichenstamm. Tok, tok, tok, tok.

Das Eichhörnchen sauste zu ihm empor und zankte ihn aus. „Was reden Sie denn da? Der Prinz sucht keine Käfer und Larven . . .“

„Warum nicht?“ sagte der Specht vergnügt, „die schmecken ausgezeichnet . . .“ Er zerbiß einen Käfer, verschluckte ihn und trommelte wieder.

„Das verstehen Sie nicht“, zankte das Eichhörnchen weiter, „so ein vornehmer Herr verfolgt ganz andere, viel höhere Zwecke . . . Sie blamieren sich bloß . . .“

„Daran liegt mir gar nichts“, antwortete der Specht. „Ich pfeife auf die höheren Zwecke“, rief er lustig und flatterte fort.

Das Eichhörnchen sauste wieder herunter.

„Kennen Sie mich nicht?“ fragte es und machte ein vergnügtes Gesicht.

„Ich glaube wohl“, antwortete Bambi freundlich, „Sie wohnen doch da oben . . .“ Er deutete zur Eiche hinauf.

Das Eichhörnchen sah ihn munter an. „Sie verwechseln mich mit meiner Großmutter“, sagte es, „ich wußte ja, daß Sie mich mit meiner Großmutter verwechseln. Meine Großmutter hat da oben gewohnt, als Sie noch ein Kind waren, Prinz Bambi. Sie hat mir oft von Ihnen erzählt. Ja . . . aber dann ist sie vom Marder getötet worden . . . vor langer Zeit, im Winter . . . erinnern Sie sich nicht?“

„Doch.“ Bambi nickte. „Ich habe davon gehört.“

„Nun . . . und nach ihr hat sich mein Vater hier angesiedelt“, erzählte das Eichhörnchen. Es richtete sich auf, machte erstaunte Augen und hielt beide Pfoten höflich an seine weiße Brust. „Aber . . . vielleicht verwechseln Sie mich mit meinem Vater . . . Haben Sie meinen Vater gekannt?“

„Es tut mir leid“, erwiderte Bambi, „ich hatte niemals das Vergnügen.“

„Ich dachte mir's!“ rief das Eichhörnchen befriedigt. „Mein Vater war so mürrisch und so scheu. Er hat mit niemandem verkehrt.“

„Wo ist er jetzt?“ erkundigte sich Bambi.

„Ach“, sagte das Eichhörnchen, „vor einem Monat hat ihn die Eule erwischt. Ja. Und jetzt wohne eben ich hier droben. Ich bin sehr zufrieden. Sie müssen bedenken, daß ich hier oben geboren bin.“

Bambi wandte sich ab, um zu gehen.

„Warten Sie“, rief das Eichhörnchen schnell, „von alledem habe ich ja gar nicht reden wollen. Ich wollte doch ganz etwas anderes sagen.“

Bambi blieb stehen. „Was war es denn?“ fragte er geduldig.

„Ja . . . was war es?“ Das Eichhörnchen dachte nach, tat dann wieder einen jähen Sprung, setzte sich aufrecht, an seine prächtige Fahne gelehnt, und sah Bambi an. „Richtig! Jetzt weiß ich's“, schwatzte es weiter. „Ich wollte sagen, daß Sie nun bald fertig sind mit Ihrer Krone, und daß sie wunderschön wird.“

„Finden Sie?“ Bambi freute sich.

„Wunderschön!“ rief das Eichhörnchen und drückte begeistert beide Vorderpfoten gegen seine weiße Brust. „So hoch! So stattlich! Und solch lange, helle Zacken! Das findet man selten!“

„Wirklich?“ fragte Bambi. Er wurde so fröhlich, daß er augenblicklich wieder auf den Haselstrauch loszuschlagen begann. Die Rinde stob in langen Fasern umher.

Derweil redete das Eichhörnchen weiter. „Ich muß wirklich sagen, andere in Ihrem Alter haben keine so prächtige Krone. Man sollte es gar nicht für möglich halten. Wenn man Sie im vorigen Sommer gekannt hat . . . ich habe Sie einige Male gesehen, von weitem, man würde es wahrhaftig nicht glauben, daß Sie derselbe sind . . . so dünne Stäbchen wie Sie damals hatten . . .“

Bambi hielt plötzlich inne. „Leben Sie wohl“, sagte er hastig, „ich muß weiter!“ Und er lief fort.

Er hatte es nicht gerne, an den vorigen Sommer erinnert zu werden. Es war eine schwere Zeit für ihn gewesen. Zuerst, nach dem Verschwinden der Mutter, hatte er sich ganz verlassen gefühlt. Der Winter dauerte damals sehr lange, der Frühling kam zögernd, und erst spät fing es an zu grünen. Ohne Frau Nettla hätte sich Bambi gar nicht zurechtgefunden, aber sie nahm sich seiner an und half ihm, wo sie konnte. Trotzdem war er viel allein geblieben. Gobo fehlte ihm überall, der arme Gobo, der nun wohl auch tot war, wie die anderen. Bambi mußte in dieser Zeit oft an ihn denken und begriff erst nachträglich so recht, wie lieb und gut Gobo gewesen war. Faline sah er selten. Sie hielt sich beständig dicht an ihre Mutter und zeigte sich merkwürdig scheu. Später, als es dann endlich warm geworden war, hatte Bambi angefangen, sich wieder zu erholen. Er fegte seine erste Krone blank und war sehr stolz darauf. Allein die bittere Enttäuschung folgte bald. Die anderen Gekrönten jagten ihn, wo sie ihn erblickten. Sie trieben ihn zornig vor sich her, duldeten nicht, daß er sich jemandem näherte, mißhandelten ihn, und zuletzt hatte er auf Schritt und Tritt Angst, von ihnen erwischt zu werden, hatte Furcht, sich irgendwo zu zeigen, und schlich auf verborgenen Wegen in gedrückter Stimmung umher. Dabei hatte ihn, je heißer und sonniger die Tage wurden, eine merkwürdige Unruhe ergriffen. Sein Herz fühlte sich mehr und mehr von einer Sehnsucht bedrängt, die schmerzlich war und wohlig zugleich. Wenn er zufällig mal Faline oder eine ihrer Freundinnen nur von weitem sah, überwältigte ihn ein Sturm von unbegreiflicher Erregung. Oftmals geschah es auch, daß er bloß ihre Spur erkannte, oder daß ihm der prüfend eingezogene Atem den Hauch ihrer Nähe zutrug. Immer wieder fühlte er sich dann unwiderstehlich zu ihnen hingezogen. Folgte er aber dem Verlangen, das ihn dahintrug, dann war es immer zu seinem Unheil. Denn entweder traf er niemanden und mußte endlich, ermüdet, nach langem Umherirren erkennen, daß er von den anderen gemieden werde, oder er geriet einem der Gekrönten in die Quere, der augenblicklich auf ihn lossprang, ihn schlug und stieß und ihn schimpflich davonjagte. Am häßlichsten hatten sich Ronno und Karus zu ihm benommen. Nein, das war keine schöne Zeit gewesen.

Nun hatte ihn das Eichhörnchen dummerweise daran erinnert. Er wurde mit einem Male ganz wild und begann zu rennen. Die Meisen und Zaunschlüpfer stoben entsetzt aus den Büschen, an denen er vorbeikam, und fragten einander hastig: „Wer ist denn das? . . . Wer war denn das?“ Bambi hörte es nicht. Ein paar Elstern schäkerten nervös: „Ist etwas passiert?“ Der Häher schrie boshaft: „Was los?!“ Bambi beachtete ihn nicht. Über ihm sang der Pirol von Baum zu Baum: „Guten Morgen . . . ich bin . . . fro-oh!“ Bambi gab keine Antwort. Das Dickicht ringsumher war wohl schon hell und fein durchsponnen von Sonnenstrahlen. Bambi kümmerte sich nicht darum. Plötzlich knatterte es laut, beinahe unter seinen Füßen; ein ganzer Regenbogen von herrlichen Farben blitzte und leuchtete ihm dicht vor den Augen, daß er geblendet innehielt. Es war Janello, der Fasan, der erschreckt in die Luft stieg, weil Bambi fast auf ihn getreten wäre. Scheltend strich er davon. „Unerhört!“ schrie er mit seiner zerspaltenen, krähenden Stimme. Bambi stand verdutzt und schaute ihm nach. „Es ist noch glücklich vorbeigegangen, aber Sie waren wirklich rücksichtslos . . .“ sagte eine sanfte, zwitschernde Stimme neben ihm vom Boden her. Es war Janelline, die Frau des Fasans. Sie saß auf der Erde und brütete. „Mein Mann ist furchtbar erschrocken“, fuhr sie unzufrieden fort, „und ich ebenso. Aber ich darf mich ja nicht vom Fleck rühren . . . ich rühre mich nicht vom Fleck, was immer auch geschieht . . . mich hätten Sie ruhig zertreten können . . .“

Bambi schämte sich ein wenig. „Verzeihen Sie“, stotterte er, „ich habe nicht aufgepaßt.“

Janelline antwortete: „Oh, bitte! Es war ja vielleicht auch nicht so arg. Aber mein Mann und ich, wir sind jetzt so nervös. Sie begreifen . . .“

Bambi begriff gar nichts und ging weiter. Er war nun ruhiger geworden. Der Wald sang um ihn her. Das Licht wurde goldener und heißer, die Blätter an den Sträuchern, die Gräser am Boden und die feuchtdampfende Erde begannen scharf zu duften. In Bambi schwoll die junge Kraft und dehnte sich durch alle seine Glieder, so daß er mit zögernd verhaltenen Bewegungen ganz steif einherging, als sei er künstlich.

Zu einem niedern Holunderbusch trat er heran und schlug mit hochgehobenen Knien den Boden in wuchtigen Hieben, daß die Schollen nur so spritzten. Sein feiner, scharfer Spalthuf schnitt die Gräser ab, die hier wuchsen, Walderbse und

Lauch, Veilchen und Schneeglöckchen, scharrte sie weg, bis die Erde entblößt war und gestrichelt vor ihm lag. Es knallte dumpf unter jedem Schlag.

Zwei Maulwürfe, die sich im Wurzelgewirr eines alten Ligusters getummelt hatten, wurden aufmerksam, schauten hervor und beobachteten Bambi: „Aber . . . das ist doch lächerlich, was der macht“, flüsterte der eine. „So kann man doch nicht graben . . .“

Der andere verzog spöttisch die feinen Mundwinkel: „Er hat ja keine Ahnung . . ., das sieht man gleich . . . Aber so geht's, wenn die Leute Dinge tun, die sie nicht verstehen.“

Plötzlich hörte Bambi auf, warf das Haupt empor, lauschte und spähte durchs Laub. Dort schimmerte ein roter Fleck durch das Gezweig, dort blinkten undeutlich die Zacken einer Krone. Bambi schnaubte. Wer es auch immer sein mochte, der dort umherschlich, Ronno oder Karus oder sonst ein anderer – drauf! Bambi stob dahin. Zeigen, daß ich mich nicht mehr fürchte! dachte er wie in einer jähen Betäubung, zeigen, daß ich derjenige bin, vor dem man sich fürchten muß!

Die Büsche rauschten bei der Wucht seines Anrennens, die Äste knackten und brachen. Schon sah Bambi den anderen dicht vor sich. Zu erkennen vermochte er ihn nicht, denn ihm schwamm alles vor den Augen. Er dachte nichts als: drauf! Die Krone tief gesenkt, stürmte er vorwärts, alle Kraft im Nacken versammelt, zum Stoß bereit. Schon fühlte er den Haargeruch des Gegners, sah schon nichts mehr vor sich als die rote Mauer seiner Flanke. Da machte der andere eine ganz leise Bewegung, und Bambi, der erwarteten, haltgewährenden Hemmung beraubt, stürzte an ihm vorbei ins Leere. Beinahe hätte er sich überschlagen. Er taumelte, raffte sich zusammen, machte kehrt zu neuem Angriff.

Da erkannte er den Alten.

Bambi war so überrascht, daß er alle Fassung verlor. Er schämte sich, einfach davonzulaufen, was er am liebsten getan hätte. Und er schämte sich, zu bleiben. Er rührte sich nicht.

„Nun . . .?“ fragte der Alte ruhig, leise. Seine tiefe Stimme, die so gelassen und doch so gebieterisch war, drang Bambi wie immer mitten durchs Herz. Er schwieg.

Der Alte wiederholte: „Nun . . .?“

„Ich dachte . . ." stammelte Bambi, „ . . . ich . . . glaubte . . . Ronno . . . oder . . ." Er schwieg und wagte es, den Alten schüchtern anzusehen, und wurde durch seinen Anblick noch verwirrter.

Der Alte stand regungslos und gewaltig da. Sein Haupt war nun ganz weiß geworden, und seine dunklen, stolzen Augen leuchteten tief.

„Warum nicht gegen mich . . .?" fragte der Alte.

Bambi sah ihn an, von einer merkwürdigen Begeisterung erfüllt und von einem geheimnisvollen Schauer durchzuckt. Er hätte gerne ausgerufen: Weil ich Sie liebe! aber er antwortete: „Ich weiß es nicht . . ."

Der Alte betrachtete ihn. „Ich habe dich lange nicht gesehen. Du bist groß und stark geworden."

Bambi erwiderte nichts. Er zitterte vor Freude.

Der Alte fuhr fort, ihn prüfend zu mustern. Dann trat er überraschenderweise dicht an Bambi heran, der darüber sehr erschrak. „Führe dich brav . . ." sagte der Alte.

Er wandte sich ab und war im nächsten Augenblick verschwunden. Bambi blieb noch lange am selben Fleck.

Es war Sommer und glühend heiß. In Bambi begann sich die Sehnsucht wieder zu regen, die er schon einmal gefühlt hatte, aber sie war nun viel stärker als früher, sie kochte in seinem Blute und machte ihn ruhelos.

Er streifte weit umher.

Eines Tages traf er Faline. Ganz unerwartet traf er sie, denn seine Gedanken waren gerade sehr verwirrt, seine Sinne so umnebelt von dem ruhelosen Verlangen, von dem er durchwühlt wurde, daß er Faline gar nicht wahrgenommen hatte. Nun stand sie vor ihm. Bambi betrachtete sie eine Weile sprachlos, dann sagte er ergriffen: „Faline . . . wie schön bist du geworden . . ."

Faline entgegnete: „Erkennst du mich denn wieder?"

„Ich sollte dich nicht wiedererkennen!" rief Bambi, „sind wir nicht zusammen aufgewachsen?"

Faline seufzte: „Wir haben uns so lange nicht gesehen . . .“ Dann fügte sie hinzu: „. . . man wird einander ja ganz fremd“, aber das war schon wieder ihr leichter, zierlich neckender Ton von einst.

Jetzt blieben sie beisammen.

„Diesen Weg hier“, sagte Bambi nach einiger Zeit, „diesen Weg bin ich als Kind mit meiner Mutter gegangen . . .“

„Er führt zur Wiese“, meinte Faline.

„Auf der Wiese habe ich dich zum erstenmal gesehen“, sagte Bambi ein wenig feierlich, „weißt du das noch?“

„Ja“, erwiderte Faline, „mich und Gobo.“ Sie seufzte leichthin: „Der arme Gobo.“

Bambi wiederholte: „Der arme Gobo.“

Nun sprachen sie von damals und fragten einander jeden Augenblick: „Weißt du noch?“ Es zeigte sich, daß sie noch alles wußten. Darüber waren sie beide entzückt.

„Draußen, auf der Wiese“, erinnerte Bambi, „haben wir Haschen gespielt . . . weißt du noch?“

„Ich glaube, es war so . . .“ sagte Faline und sprang wie der Blitz davon. Bambi blieb zuerst ganz verdutzt zurück, dann sauste er hinterdrein. „Warte! Warte doch!“ rief er glücklich.

„Ich warte nicht“, neckte Faline, „ich habe große Eile!“ Und in leichten Sätzen zog sie einen Bogen, weithin durch Busch und Gras. Endlich holte Bambi sie ein, versperrte ihr den Weg, und nun standen sie ruhig beisammen. Sie lachten und waren zufrieden.

Plötzlich sprang Faline in die Höhe, als ob sie gestochen wäre, und stob aufs neue davon. Bambi stürzte ihr nach. Faline zog Bogen auf Bogen, warf sich herum und entwischte immer wieder.

„Bleib stehen!“ keuchte Bambi. „Bleib doch stehen . . . ich muß dich etwas fragen.“

Faline blieb stehen. „Was mußt du mich fragen?“ erkundigte sie sich neugierig.

Bambi schwieg.

„Ach, wenn du nur geschwindelt hast . . ." meinte Faline und wollte sich abwenden.

„Nein!" Bambi sprach schnell: „Bleib doch stehen . . . ich will . . . ich will dich fragen . . . liebst du mich, Faline?"

Sie sah ihn an, noch viel neugieriger als vorhin und ein wenig lauernd: „Ich weiß es nicht."

„Doch", drängte Bambi, „du mußt es wissen! Ich weiß es ja auch, ich fühle es ganz deutlich, daß ich dich liebe. Rasend liebe ich dich, Faline. Also sag' mir jetzt, ob du mich liebst."

„Kann schon sein, daß ich dich lieb hab'„, antwortete sie obenhin.

„Und wirst du bei mir bleiben?" forschte Bambi erregt.

„Wenn du mich schön darum bittest . . ." sagte Faline fröhlich.

„Ich bitte dich, Faline! Geliebte, schöne Faline", rief Bambi außer sich, „hörst du? Ich bitte dich aus ganzem Herzen!"

„Dann bleibe ich gewiß bei dir", sprach Faline sanft – und weg war sie.

Entzückt pfeilte Bambi von neuem hinter ihr drein. Faline fegte quer über die Wiese, schlug einen Haken und verschwand im Dickicht. Als aber auch Bambi einen Haken schlug, um ihr zu folgen, da rauschte es stürmisch in den Büschen, und Karus sprang heraus.

„Halt!" rief er.

Bambi begriff nicht. Er war zu sehr mit Faline beschäftigt. „Laß mich vorbei", sagte er hastig, „ich habe keine Zeit für dich!"

„Fort mit dir!" herrschte Karus ihn böse an. „Augenblicklich fort! Sonst jage ich dich, bis du nicht mehr schnaufen kannst! Ich verbiete dir, Faline nachzulaufen!"

In Bambi erwachte langsam die Erinnerung an die vorige Sommerzeit, da er so oft und so elend davongejagt worden war. Augenblicklich geriet er in Wut. Er sagte kein Wort, sondern warf sich ohne weiteres mit gesenkter Krone auf Karus.

Der Anprall war unwiderstehlich, und Karus lag im Grase, noch ehe er recht wußte, was mit ihm geschah.

Blitzschnell raffte er sich auf, aber kaum stand er wieder auf den Beinen, da traf ihn ein neuer Stoß, daß er taumelte.

„Bambi!“ rief er und wollte noch einmal rufen, „Bam . . .“ doch ein dritter Stoß, der von seinem Schulterblatt abglitt, erstickte ihn beinahe vor Schmerz.

Karus sprang zur Seite, um dem nochmals anstürmenden Bambi zu entwischen. Er fühlte sich plötzlich merkwürdig schwach. Zugleich erkannte er mit Entsetzen, daß es nun auf Tod und Leben ging. Kalte Angst faßte ihn. Er wandte sich zur Flucht, und aus dem Schweigen Bambis, der ganz nahe hinter ihm dreinsauste, erkannte Karus, daß Bambi von Sinnen, zornig und unerbittlich entschlossen war, ihn zu töten. Das nahm ihm vollends die Fassung. Er wich vom Wege ab, brach mit der letzten Kraft mitten in die Büsche, wollte nichts mehr, dachte nichts mehr, sondern ersehnte nur noch Erbarmen oder Rettung.

Da ließ Bambi mit einem Male von ihm ab und blieb stehen. Karus merkte es gar nicht in seiner Angst und rannte quer durch die Büsche weiter, was er konnte.

Aber Bambi war stehengeblieben, weil er den feinen Ruf Falines gehört hatte. Er horchte, da rief sie wieder, ängstlich, bedrängt. Augenblicklich machte er kehrt und stürmte zurück.

Als er auf die Wiese kam, sah er eben noch, wie Faline, von Ronno verfolgt, ins Dickicht flüchtete.

„Ronno!“ rief Bambi. Er wußte nicht, daß er gerufen hatte.

Ronno, der nicht so schnell laufen konnte, weil er durch sein Hinken gehindert war, blieb stehen.

„Sieh da“, sagte er vornehm, „der kleine Bambi! Wünschest du etwas von mir?“

„Ich wünsche“, sprach Bambi ruhig, aber mit einer Stimme, die von verhaltener Kraft und von beherrschtem Zorn ganz verändert war, „ich wünsche, daß du Faline in Ruhe läßt und augenblicklich fortgehst.“

„Weiter nichts?“ höhnte Ronno. „Was für ein frecher Bursche du doch geworden bist . . . das hätte ich nie erwartet.“

„Ronno“, sagte Bambi noch leiser, „ich wünsche es für dich. Denn wenn du jetzt nicht sofort gehst, wirst du nachher auf deinen Beinen gerne laufen wollen, aber du wirst nicht mehr laufen können . . .“

„Oho!“ rief Ronno erbost, „redest du so mit mir? Weil ich hinke? Man merkt es übrigens gar nicht. Oder glaubst du vielleicht, auch ich fürchte mich vor dir, weil Karus so erbärmlich feige war? Ich rate dir in gutem . . .“

„Nein, Ronno", unterbrach ihn Bambi, „ich bin es, der dir einen Rat gibt. Geh fort!" Seine Stimme zitterte. „Du bist mir immer lieb gewesen, Ronno. Ich habe dich für sehr klug gehalten, und ich hatte Achtung vor dir, weil du viel älter bist als ich. Ich sage dir nun zum letztenmal, geh fort . . . ich habe jetzt keine Geduld mehr . . .!"

„Schlimm", sagte Ronno verächtlich, „daß du so wenig Geduld hast. Sehr schlimm für dich, mein Kleiner. Aber beruhige dich, mit dir werde ich rasch fertig sein. Da wirst du nicht lange zu warten brauchen. Oder hast du vielleicht vergessen, wie oft ich dich vor mir hergetrieben habe?"

Nach dieser Erinnerung gab es für Bambi keine Worte und kein Halten mehr. Wie ein Rasender stürzte er auf Ronno, der ihn mit vorgeducktem Haupt empfing. Krachend prallten sie zusammen. Ronno stand fest und wunderte sich, daß Bambi nicht zurückwich. Auch hatte ihn der plötzliche Überfall verblüfft, denn er hätte nie erwartet, daß Bambi ihn zuerst angreifen würde. Mit Unbehagen fühlte er Bambis Riesenkraft und sah ein, daß er sich zusammennehmen müsse. Er wollte eine List anwenden, wie sie Stirn an Stirn gepreßt dastanden. Jählings gab er nach, damit Bambi das Gleichgewicht verlieren und vornübertaumeln solle.

Doch Bambi hob sich in die Hinterbeine und warf sich sofort mit verdoppelter Wucht auf Ronno, noch ehe dieser Zeit gewonnen hatte, wieder feste Stellung zu nehmen. Es gab einen hellen, knacksenden Klang, denn ein Zinken von Ronnos Krone war abgesplittert. Ronno glaubte, die Stirne sei ihm zerschmettert. Funken stoben ihm aus den Augen, und es sauste in seinen Ohren. Im nächsten Augenblick zerriß ihm ein gewaltiger Stoß die Schulter. Der Atem verging ihm, er lag am Boden, und Bambi stand wütend über ihm.

„Laß mich los", ächzte Ronno.

Bambi schlug blindlings auf ihn ein. Seine Blicke sprühten. Er schien nicht daran zu denken, Schonung zu üben.

„Ich bitte dich . . . hör' doch auf", flehte Ronno kläglich, „du weißt doch, daß ich hinke . . . ich hab' ja nur einen Scherz gemacht . . . schone mich . . . verstehst du denn keinen Spaß . . .?"

Bambi gab ihn frei, ohne ein Wort. Mühsam stand Ronno auf. Er blutete und schwankte auf seinen Beinen. Ohne ein Wort schlich er davon.

Bambi wollte ins Dickicht, um Faline zu suchen. Da trat sie heraus. Sie hatte dicht am Waldessaum gestanden und alles mitangesehen. „Das war großartig", sagte sie lachend. Aber ernst und leise fügte sie hinzu: „Ich liebe dich."

Sie gingen miteinander fort und waren sehr glücklich.

Eines Tages waren sie im Begriff, die kleine Blöße aufzusuchen, tief drinnen im Walde, auf der Bambi dem Alten zuletzt begegnet war. Bambi erzählte Faline begeistert von ihm.

„Vielleicht treffen wir ihn wieder, ich sehne mich nach ihm."

„Das wäre nett", sagte Faline dreist, „ich möchte wirklich einmal mit ihm plaudern." Aber sie sprach nicht die Wahrheit. Denn sie war wohl neugierig, im Grunde jedoch hatte sie Angst vor dem Alten.

Es dämmerte schon hellgrau, der Sonnenaufgang war nahe.

Sie gingen leise nebeneinander, hier, wo die Stauden und Sträucher vereinzelt standen und man nach allen Seiten hin Ausblick hatte. Nicht weit von ihnen rauschte es. Sie blieben sofort stehen und äugten hinüber. Dort schritt langsam und gewaltig der Hirsch durch die Büsche der Blöße zu. Er glich im Zwielicht, das noch keine Farben malte, einem grauen Riesenschatten.

Faline stieß ohne Hemmung einen Schrei aus. Bambi faßte sich. Er war freilich ebenso erschrocken, und das Schreien saß ihm schon in der Kehle. Aber Falines Stimme klang so hilflos, daß er Mitleid empfand und sich bezwang, um sie zu trösten.

„Was ist dir denn?" flüsterte er ganz besorgt, aber seine Stimme zitterte. „Was ist dir denn? Der tut uns ja nichts!"

Faline schrie einfach drauflos.

„Reg' dich doch nicht so entsetzlich auf, Geliebte", bat Bambi. „Es ist zu lächerlich, vor diesen Herrschaften immer so zu erschrecken. Schließlich sind sie ja unsere Verwandten."

Aber Faline wollte nichts hören von solcher Verwandtschaft. Sie stand stocksteif, starrte zu dem Hirsch hinüber, der unbekümmert weiterging, und schrie und schrie.

„Nimm dich zusammen", flehte Bambi, „was soll er denn von uns denken?"

Faline war nicht zu beruhigen. „Er soll sich denken, was er will", rief sie und schrie wieder auf: „Ah-oh! Ba-oh! . . . es ist übertrieben, so groß zu sein!"

Sie zeterte weiter: „Ba-oh!" und sie fuhr fort: „Laß mich . . . ich kann nicht anders! Ich muß! Ba-oh! Ba-oh! Ba-oh!"

Der Hirsch stand jetzt auf der kleinen Blöße und suchte bedächtig im Gras nach Leckerbissen.

In Bambi, der bald auf die rasende Faline, bald wieder auf den ruhigen Hirsch sah, lehnte sich etwas auf. Mit dem Zuspruch, den er Faline zuteil werden ließ, hatte er seinen eigenen Schrecken überwunden. Jetzt machte er sich den erbärmlichen Zustand zum Vorwurf, in den er jedesmal beim Anblick des Hirsches geriet; es war immer derselbe Zustand, der aus Grauen, Erregtheit, Bewunderung und Unterwürfigkeit quälend gemischt war.

„Das Ganze ist ein Unsinn", sagte er mit mühsamer Entschlossenheit, „jetzt gehe ich geradeswegs hin und mache mich mit ihm bekannt."

„Tu das nicht!" schrie Faline, „tu das nicht! Ba-oh! Es geschieht ein Unglück, ba-oh!"

„Ich tu' es unbedingt", entgegnete Bambi. Der Hirsch, der dort so gelassen schmauste und sich um die jammernde Faline nicht im geringsten kümmerte, schien ihm gar zu hochmütig. Er fühlte sich verletzt und erniedrigt. "Ich gehe", sagte er, „sei doch still! Du wirst sehen, daß gar nichts geschieht. Warte hier."

Er ging wirklich. Aber Faline wartete nicht. Sie hatte keine Lust dazu, nicht im geringsten, und auch keinen Mut. Sie machte kehrt, lief davon und schrie; denn sie hielt es für das beste, was sie tun konnte. Man hörte sie immer weiter und weiter weg: „Ba-oh! Ba-oh!"

Gerne wäre Bambi ihr nun gefolgt. Aber das war jetzt nicht mehr so recht möglich. Er nahm sich zusammen und ging vorwärts.

Durch das Gezweige sah er den Hirsch auf der Blöße stehen, das Haupt zu Boden gesenkt.

Bambi fühlte, wie ihm das Herz klopfte, als er hinaustrat.

Der Hirsch hob sogleich das Haupt hoch empor und sah herüber. Dann blickte er wie zerstreut gerade vor sich hin.

Bambi schien das eine wie das andere überaus hochmütig, die Art, wie der Hirsch ihn angeblickt hatte, und die Art, wie er jetzt vor sich hin sah, als sei niemand sonst zugegen.

Bambi wußte nicht, was er tun sollte. Er war mit der festen Absicht herausgekommen, den Hirsch anzusprechen. Guten Morgen, hatte er sagen wollen, ich heiße Bambi . . . darf ich um Ihren werten Namen bitten?

Jawohl! Er hatte sich das sehr einfach vorgestellt, und nun zeigte es sich, daß die Sache doch nicht so einfach war. Was half da die beste Absicht? Bambi wollte nicht gerne ungezogen sein, und das war er, wenn er hier herauskam, ohne ein Wort zu sagen. Er wollte auch nicht zudringlich sein, und das war er, wenn er zu reden anfing.

Der Hirsch stand empörend majestätisch da. Bambi war hingerissen und fühlte sich gedemütigt. Vergebens suchte er sich aufzurütteln und wiederholte immer wieder nur den einen Gedanken: Warum lasse ich mich denn einschüchtern . . .? Ich bin gerade so viel wie er . . . gerade so viel wie er!

Es half nichts. Bambi blieb eingeschüchtert und spürte es im Grunde seines Wesens, daß er doch nicht gerade so viel sei. Lange nicht. Ihm war jämmerlich zumut, und er brauchte seine ganze Kraft, um einigermaßen Haltung zu bewahren.

Der Hirsch sah ihn an und dachte: Er ist reizend . . . er ist wirklich entzückend . . . so hübsch . . . so zierlich . . . so fein in seinem ganzen Benehmen . . . Aber ich darf ihn nicht so anstarren. Das schickt sich wirklich nicht. Außerdem könnte es ihn auch in Verlegenheit bringen.

Und er schaute wieder über Bambi weg ins Leere.

Dieser hochmütige Blick! stellte Bambi fest. Es ist unerträglich, was so einer sich einbildet!

Der Hirsch dachte: Ich möchte gerne mit ihm sprechen . . . er ist so sympathisch . . . wie dumm, daß man nie miteinander redet! Und er blickte nachdenklich vor sich hin.

Ich bin Luft für ihn, sagte Bambi, diese Sippe tut immer, als sei sie ganz allein auf der Welt!

Aber was soll ich zu ihm sagen . . .? überlegte der Hirsch, . . . ich habe keine Übung . . . ich werde eine Dummheit sagen und mich lächerlich machen . . . denn er ist gewiß sehr klug.

Bambi nahm sich zusammen und sah den Hirsch fest an. Wie prächtig er ist! dachte er verzweifelt.

Nun . . . vielleicht ein andermal . . . entschloß sich schließlich der Hirsch und ging unzufrieden, aber herrlich davon.

Bambi blieb verbittert zurück.

Der Wald dampfte unter der sengenden Sonne. Seit sie aufgegangen war, hatte sie alle Wolken bis auf das kleinste Flöckchen vom Himmel weggetrunken, und nun herrschte sie ganz allein im weiten Blau, das vor Hitze fahl wurde. Über den Wiesen und den Baumwipfeln zitterte die Luft in glasig durchsichtigen Wellen, wie sie über einer Flamme zu zittern pflegt. Kein Blatt bewegte sich, kein Grashalm. Die Vögel blieben stumm, saßen im Laubschatten verborgen und rührten sich nicht von der Stelle. Alle Pfade und Straßen im Dickicht waren leer, denn kein Tier befand sich jetzt unterwegs. Der Wald lag regungslos im blendenden Licht, wie gelähmt. Die Erde atmete, die Bäume, die Sträucher und Tiere atmeten in der schweren Wonne dieser Glut. Bambi schlief.

Die ganze Nacht war er mit Faline glücklich gewesen, hatte sich bis in den hellen Morgen mit ihr getummelt und in seiner Seligkeit sogar der Nahrung vergessen. Dann aber war er so müde geworden, daß er selbst den Hunger nicht mehr spürte. Die Augen fielen ihm zu. Wo er eben ging und stand, mitten im Buschwerk, hatte er sich niedergetan und war sogleich eingeschlafen. Der bitterscharfe Geruch, den der Wacholder, von der Sonne entflammt, ausströmte, der feine Duft des jungen Seidelbasts zu seinen Häupten berauschten ihn während des Schlafes und gaben ihm neue Kraft.

Er wachte plötzlich auf und war verwirrt.

Rief da nicht Faline?

Bambi blickte umher. In seiner Erinnerung sah er noch, wie Faline hier dicht bei ihm am Weißdorn stand und Blätter abzupfte, während er sich hinlegte. Er hatte gedacht, sie werde bei ihm bleiben. Nun aber war sie fort, war jetzt wahrscheinlich des Alleinseins überdrüssig, rief nach ihm und wollte gesucht werden.

Während Bambi lauschte, überlegte er, wie lange er wohl so geschlafen haben mochte, wie oft Faline wohl gerufen hatte. Er konnte es nicht herausbringen. Der Kopf war ihm noch ganz dämmerig von den Schleiern des Schlafes.

Da rief es wieder. Bambi drehte sich mit einem Ruck nach der Seite, woher der Klang kam. Jetzt wieder! Und mit einem Male war Bambi völlig munter. Er fühlte sich wunderbar erfrischt, fühlte sich ausgeruht und gestärkt und verspürte einen großartigen Hunger.

Hell tönte es wieder, fein wie leises Vogelzwitschern, sehnsüchtig und zärtlich: „Komm . . . komm . . .“

Ja, das war ihre Stimme! Das war Faline! So heftig stürmte Bambi davon, daß die dürren Zweige der Sträucher, durch die er brach, nur so prasselten und die heißen, grünen Blätter nur so rauschten.

Mitten im Sprung aber mußte er innehalten und sich zur Seite werfen. Denn der Alte stand da und sperrte ihm den Weg.

Allein in Bambi wallte die Liebe. Der Alte war ihm jetzt gleichgültig. Er würde ihm ja wohl später einmal wieder begegnen, irgendwann. Jetzt hatte er keine Zeit für alte Herren, mochten sie noch so ehrwürdig sein. Jetzt dachte er nur an Faline.

Er grüßte flüchtig und wollte rasch vorbei.

„Wohin?“ Der Alte fragte ernst.

Bambi schämte sich ein wenig, suchte nach einer Ausrede, besann sich jedoch und erwiderte ehrlich: „Zu ihr.“

„Geh nicht“, sagte der Alte.

Eine Sekunde lang sprühte ein Funken Zorn in Bambi auf, ein einziger. Nicht zu Faline gehen? Wie konnte der Alte das verlangen. Bambi dachte: Ich laufe einfach weg. Und er sah den Alten schnell an. Doch der tiefe Blick, der ihn aus den dunklen Augen des Alten traf, bannte ihn fest. Er zitterte vor Ungeduld, aber er lief nicht davon.

„Sie ruft nach mir . . .“ sagte er zur Erklärung. Er sagte es in einem Ton, aus dem man deutlich die Bitte hören konnte: Halte mich nicht auf!

„Nein“, sagte der Alte, „sie ruft nicht.“

Fein klang es noch einmal wie Vogelzwitschern: „Komm!“

„Jetzt wieder!“ rief Bambi erregt, „hören Sie doch!“

„Ich höre“, nickte der Alte.

„Also, auf Wiedersehen . . .“ warf Bambi hastig hin. Doch der Alte herrschte ihn an: „Bleib!“

„Was wollen Sie denn?“ schrie Bambi außer sich. „Lassen Sie mich gehen! Ich habe keine Zeit! Ich bitte Sie . . . wenn Faline mich ruft . . . das müssen Sie doch einsehen . . .“

„Ich sage dir“, sprach der Alte, „sie ist es nicht.“

Bambi war verzweifelt: „Aber . . . ich erkenne ja deutlich ihre Stimme . . .“

„Hör' mich an“, fuhr der Alte fort.

Es rief wieder.

Bambi brannte der Boden unter den Füßen. „Später! Ich komme zurück“, flehte er.

„Nein“, sagte der Alte traurig, „du kommst nicht zurück. Nie mehr.“

Es rief noch einmal.

„Ich muß! Ich muß! . . .“ Bambi war daran, die Fassung zu verlieren.

„Gut“, erklärte der Alte gebieterisch, „dann gehen wir zusammen.“

„Aber schnell!“ rief Bambi und sprang voraus.

„Nein . . . langsam!“ befahl jetzt der Alte mit einer Stimme, die Bambi zum Gehorsam zwang. „Du bleibst hinter mir . . . Schritt vor Schritt . . .“

Der Alte setzte sich in Bewegung. Bambi folgte ihm ungeduldig und seufzend.

„Höre“, sagte der Alte, ohne stehen zu bleiben, „wie oft es auch rufen mag, rühre dich nicht von meiner Seite. Wenn es Faline ist, dann werden wir noch früh genug bei ihr sein. Aber es ist nicht Faline. Laß dich nicht hinreißen. Alles hängt davon ab, ob du mir jetzt vertraust oder nicht.“

Bambi wagte gar keinen Widerspruch und ergab sich stumm.

Der Alte schritt langsam voraus, und Bambi folgte. Oh, wie der Alte sich aufs Gehen verstand! Kein Laut rührte sich unter den Schalen seiner Füße. Kein Blatt regte sich. Kein Zweig knackte. Dabei schlüpfte der Alte durch dichtes Gebüsch, schlich durch das Gitter uralter Sträucher. Bambi mußte staunen, mußte trotz seiner fiebernden Ungeduld bewundern. Er hätte nie gedacht, daß man so gehen könne.

Es rief wieder und wieder.

Der Alte blieb stehen, lauschte und nickte mit dem Kopfe.

Bambi stand dabei, geschüttelt von Sehnsucht, gequält vom Zwang, und begriff gar nichts.

Einigemale blieb der Alte stehen, ohne daß es gerufen hätte, warf das Haupt empor, lauschte und nickte. Bambi hörte nichts. Der Alte wandte sich von der Richtung ab, aus der das Rufen kam, er machte einen Bogen. Bambi war wütend darüber.

Es rief und rief.

Endlich kamen sie näher, noch näher, ganz nahe.

Der Alte flüsterte: „Was du jetzt auch sehen wirst ... rühr' dich nicht ... hörst du? Achte auf alles, was ich tue, und verhalte dich genau so wie ich ... Vorsicht! Und verliere die Fassung nicht ...!"

Noch ein paar Schritte ... da schlug plötzlich jene scharfe, aufregende Witterung, die Bambi so gut kannte, voll um seine Nase. Er bekam so viel davon zu schlucken, daß er beinahe aufgeschrien hätte. Wie angenagelt blieb er stehen. Das Herz schlug ihm augenblicklich bis in den Hals.

Der Alte stand gelassen neben ihm. Seine Augen gaben ihm die Richtung: dort!

Dort aber stand Er!

Ganz nahe stand Er dort, an den Stamm einer Eiche gedrückt, von Haselbüschen gedeckt, und dabei rief es leise: „Komm ... komm ..."

Man sah nur Seinen Rücken, sah Sein Gesicht nur undeutlich, wenn Er den Kopf ein wenig zur Seite drehte.

Bambi war so vollkommen verwirrt, war so erschüttert, daß er erst nach und nach begriff: Er stand dort, und Er war es, der Falinens Stimme vortäuschte. Er war es, der flötete: „Komm ... komm ..."

Das bleiche Grauen rann Bambi durch alle Glieder. Der Fluchtgedanke zuckte aus seinem Herzen hervor und zerrte an ihm.

„Still sein!“ flüsterte der Alte schnell und gebieterisch, als wolle er einem Ausbruch des Schreckens vorbeugen. Und Bambi hielt mühsam an sich.

Der Alte sah ihn an; zuerst ein wenig spöttisch, wie Bambi trotz seinem Zustand zu bemerken glaubte. Dann aber gleich wieder voll Ernst und Güte.

Bambi spähte mit blinzelnden Augen hinüber, dorthin, wo Er stand, und fühlte, daß er diese entsetzliche Nähe nicht länger mehr ertragen könne.

Als hätte der Alte diesen Gedanken erraten, raunte er ihm zu: „Gehen wir . . .“ und wandte sich fort.

Behutsam schlichen sie davon, der Alte in wunderlichen Zickzackwegen, deren Zweck Bambi nicht begriff. Er folgte diesen langsamen Schritten auch jetzt nur mit mühsam beherrschter Ungeduld. Hatte ihn auf dem Wege hierher die Sehnsucht nach Faline vorwärtsgetrieben, so jagte jetzt der Trieb zur Flucht durch seine Adern.

Doch der Alte ging langsam weiter, blieb stehen, horchte, schlug neue Zickzackwege ein, blieb wieder stehen, ging weiter, langsam, sehr langsam.

Nun mußten sie weit weg sein vom Schreckensort.

„Wenn er so stehen bleibt, darf man wohl auch wieder reden, und dann will ich ihm danken.“ Er sah den Alten unmittelbar vor sich in ein dichtes Gewirr von hohen Hartriegelbüschen verschwinden. Kein Blatt regte sich, kein Reis knackte, als der Alte hineinschlüpfte.

Bambi folgte und strengte sich an, ebenso lautlos hindurch zu gelangen, ebenso kunstvoll jedes Geräusch zu meiden. Doch es wollte ihm nicht glücken. Die Blätter rauschten leise, Äste bogen sich an seine Flanken, schnellten mit lautem Geraschel wieder empor, dürre Zweige zerbrachen mit kurzem, kreischendem Knacken an seiner Brust.

„Er hat mir das Leben gerettet“, dachte Bambi weiter, „was werde ich ihm sagen?“

Aber der Alte war nicht mehr zu sehen. Bambi trat ganz langsam aus dem Busch hinaus, hatte eine Wildnis von gelbblühenden Goldruten vor sich, hob das Haupt und blickte umher. Kein Halm bebte, so weit er sehen konnte. Er war allein.

Von jedem Zwang befreit, riß ihn jetzt der Trieb zur Flucht augenblicklich mit sich fort.

Unter seinen hohen Sätzen teilten sich die Goldruten mit breitem Zischen wie unter dem Schnitt der Sense.

Nach langem Umherirren traf er Faline. Er war atemlos, er war ermüdet, er war glücklich und tief bewegt.

„Ich bitte dich, Geliebte“, sagte er, „ich bitte dich . . . rufe mich nicht, wenn wir getrennt sind . . . rufe mich nie wieder . . .! Wir wollen einander suchen, bis wir uns finden . . . aber ich bitte dich, rufe nicht nach mir . . . denn ich kann deiner Stimme nicht widerstehen.“

Ein paar Tage später gingen sie zusammen sorglos durch die Eichendickung, die auf der anderen Seite der Wiese lag. Sie wollten die Wiese überqueren und dort, wo die hohe Eiche stand, zu ihrer alten Straße gelangen. Als das Gebüsch vor ihnen heller wurde, hielten sie an und spähten hinaus. Dort an der Eiche bewegte sich etwas Rotes.

„Wer mag das sein . . .?“ flüsterte Bambi.

„Wahrscheinlich Ronno oder Karus“, meinte Faline.

Bambi zweifelte: „Die wagen sich doch jetzt nicht mehr in meine Nähe.“ Bambi sah schärfer hin. „Nein“, entschied er, „das ist weder Karus noch Ronno . . . das ist ein Fremder . . .“

Faline stimmte zu, erstaunt und sehr neugierig: „Richtig, ein Fremder, jetzt sehe ich es auch . . . sonderbar!“

Sie beobachteten.

„Wie ungeniert er sich benimmt!“ rief Faline.

„Dumm“, sagte Bambi, „ja wirklich dumm! Er benimmt sich wie ein ganz kleines Kind . . . als ob es gar keine Gefahr gebe!“

„Gehen wir hin“, schlug Faline vor. Sie war zu neugierig.

„Gut“, erwiderte Bambi, „gehen wir . . . den Burschen muß ich mir näher anschauen . . .“

Sie machten ein paar Schritte, da stockte Faline: „Aber . . . wenn er mit dir Streit anfängt . . . er ist stark . . .“

„Bah!" Bambi hielt das Haupt schief und zog eine geringschätzige Miene. „Sieh doch die kleine Krone an . . . soll ich davor Angst haben . . .? Dick und fett ist der Kerl . . . aber stark? Das glaube ich nicht. Komm nur . . ."

Sie gingen.

Drüben der andere war damit beschäftigt, von den Grasrispen zu naschen, und bemerkte sie erst, als sie schon ziemlich weit auf der Wiese draußen waren. Sogleich kam er den beiden entgegengelaufen. Er machte freudige, spielerische Sprünge und erweckte wiederum einen sonderbar kindlichen Eindruck. Bambi und Faline blieben verdutzt stehen und erwarteten ihn. Nun war er heran bis auf ein paar Schritte. Er stand gleichfalls still.

Nach einer Weile fragte er: „Kennt ihr mich nicht?"

Bambi hatte kampfbereit das Haupt geduckt. „Kennst du . . . uns?" gab er zurück.

Der andere fiel ihm ins Wort. „Aber Bambi!" rief er vorwurfsvoll und vertraulich.

Bambi stutzte, als er sich mit seinem Namen nennen hörte. Ihm zuckte aus dem Klang dieser Stimme eine Erinnerung ins Herz, aber schon sprang Faline dem Fremden entgegen.

„Gobo!" rief sie und verstummte. Sprachlos stand sie da, ohne Regung. Der Atem war ihr weggeblieben.

„Faline . . ." sagte Gobo leise, „Faline . . . Schwester . . . du hast mich also doch erkannt . . ." Er kam zu ihr und küßte sie auf den Mund. Die Tränen rannen ihm nun plötzlich über die Wangen.

Auch Faline weinte, und sie konnte nicht sprechen.

„Ja . . . Gobo . . ." begann Bambi. Seine Stimme zitterte, und er war sehr erregt, er war tief gerührt und erstaunt über alle Maßen. „Ja . . . Gobo . . . bist du nicht tot . . .?"

Gobo lachte auf. „Du siehst ja . . . ich glaube wohl, man merkt es mir an, daß ich nicht tot bin."

„Aber . . . damals . . . im Schnee?" beharrte Bambi.

„Damals?" Gobo warf sich ein wenig in die Brust: „Damals hat Er mich gerettet . . ."

„Und wo warst du die ganze lange Zeit . . .?" fragte nun Faline in Verblüffung.

Gobo erwiderte: „Bei Ihm . . . die ganze Zeit bei Ihm . . ."

Er schwieg, sah Faline und Bambi an und weidete sich an ihrem ratlosen Staunen. Dann fügte er hinzu: „Ja, meine Lieben . . . ich habe viel erlebt . . . mehr als ihr alle zusammen hier in eurem Walde . . ." Es klang ein wenig prahlerisch, aber sie merkten es noch nicht, sie waren noch zu sehr benommen von der großen Überraschung.

„Erzähle doch!" rief Faline außer sich.

„Oh", meinte Gobo zufrieden, „erzählen könnte ich tagelang und käme nicht zu Ende mit allem."

Bambi drängte: „So erzähle doch!"

Gobo wandte sich zu Faline und wurde ernst. „Lebt die Mutter noch?" fragte er zaghaft und leise.

„Ja!" rief Faline munter. „Sie lebt . . . aber ich habe sie jetzt lange nicht gesehen."

„Ich will gleich zu ihr!" sagte Gobo. „Kommt ihr mit?"

Und sie gingen.

Auf ihrem ganzen Wege sprachen sie nun kein Wort mehr. Bambi und Faline fühlten Gobos ungeduldige Sehnsucht nach der Mutter, deshalb schwiegen sie jetzt beide. Gobo schritt eilig voraus und blieb stumm. Sie ließen ihn gewähren.

Nur manchmal, wenn er blindlings an einer Wegkreuzung vorbeilief, immer geradeaus, oder wenn er in plötzlicher Hast eine andere Richtung einschlug, riefen sie ihn ganz leise. „Da!" flüsterte dann Bambi. Oder Faline sagte: „Nein . . . jetzt hier herum . . ."

Ein paarmal mußten sie über weite Blößen. Es fiel ihnen auf, daß Gobo niemals am Rande der Dickung stehen blieb, niemals auch nur einen Augenblick sichernd umherspähte, ehe er ins Freie trat, sondern ohne alle Vorsicht einfach hinauslief. Bambi und Faline wechselten erstaunte Blicke, sooft das geschah. Aber sie sprachen kein Wort und folgten Gobo ein wenig zögernd.

Lange mußten sie so umherwandern und suchen, kreuz und quer.

Auf einmal erkannte Gobo die Wege seiner Kindheit wieder. Er war ergriffen; er bedachte nicht, daß Bambi und Faline ihn geführt hatten, schaute sich nach ihnen um und rief: „Was sagt ihr, wie gut ich hierhergefunden habe?"

Sie sagten nichts. Sie sahen nur wieder einander an.

Bald darauf kamen sie zu einer kleinen Laubkammer. „Hier!“ rief Faline und schlüpfte hinein. Gobo folgte ihr und blieb stehen. Es war die Laubkammer, in der sie beide zur Welt gekommen waren, in der sie als kleine Kinder mit der Mutter gewohnt hatten. Gobo und Faline sahen einander nah in die Augen. Sie sprachen kein Wort. Faline küßte den Bruder leise auf den Mund. Dann eilten sie weiter.

Sie gingen wohl noch eine Stunde hin und her. Die Sonne schien immer heller und heller durch die Zweige, der Wald wurde stiller und stiller. Es war Zeit, sich hinzulegen und zu ruhen. Aber Gobo fühlte sich nicht müde. Er schritt hastig voraus, atmete schwer vor ungeduldiger Erregung und schaute planlos um sich. Er zuckte zusammen, wenn ein Wiesel unter ihm durch die Grasbüschel hinwischte. Er trat beinahe auf die Fasanen, die sich eng an den Boden drückten, doch wenn sie mit lautem Flügelknattern und scheltend vor ihm aufflogen, erschrak er heftig. Bambi wunderte sich, wie fremd und blind Gobo einherging.

Gobo hielt inne und wandte sich zu den beiden. „Nicht zu finden!“ stieß er verzweifelt hervor.

Faline beruhigte ihn. „Gleich“, sagte sie gerührt. „Gleich, Gobo.“ Sie sah ihn an. Er hatte wieder das mutlose Gesicht, das sie so gut kannte.

„Sollen wir rufen?“ sagte sie lächelnd. „Sollen wir wieder rufen . . . wie früher, als wir noch Kinder waren?“

Bambi aber ging weiter. Nur ein paar Schritte. Da erblickte er Tante Ena. Sie hatte sich schon zur Ruhe niedergetan und lag still im Schatten eines Haselbusches, ganz nahe.

„Endlich!“ sagte er vor sich hin. Im selben Moment kamen auch Gobo und Faline. Sie standen alle drei nebeneinander und sahen zu Ena hinüber. Die hatte still das Haupt gehoben und schaute ihnen schläfrig entgegen.

Gobo tat ein paar zögernde Schritte und rief leise: „Mutter!“

Wie von einem Donnerschlag emporgerissen, war jetzt die Liegende auf ihren Beinen und stand wie festgemauert. Gobo sprang rasch zu ihr: „Mutter . . .“ begann er wieder, wollte sprechen, konnte aber kein Wort hervorbringen.

Die Mutter sah ihm nahe in die Augen. Ihr starres Dastehen begann sich zu lösen; sie zitterte so, daß es ihr Welle um Welle über Schultern und Rücken lief.

Sie fragte nicht, sie verlangte nicht nach einer Erklärung, nicht nach Erzählung. Langsam küßte sie Gobo auf den Mund, küßte seine Wangen, seinen Hals; unablässig wusch sie ihn mit ihren Küssen, wie einst in der Stunde, in der sie ihn geboren hatte.

Bambi und Faline waren weggegangen.

Sie standen beisammen mitten in der Dickung auf einer kleinen Blöße, und Gobo erzählte.

Auch Freund Hase saß da, hob voll Staunen seine Löffel, lauschte gespannt und ließ sie überwältigt wieder niedersinken, um sie sogleich noch einmal hochzuheben.

Die Elster hockte auf dem niedrigsten Zweige der jungen Buche und horchte verblüfft. Der Häher saß gegenüber unruhig auf einer Esche und kreischte manchmal erstaunt auf.

Ein paar bekannte Fasanen mit ihren Frauen und Kindern hatten sich eingefunden, reckten verwundert ihre Hälse, während sie zuhörten, zogen sie ruckend wieder ein, wandten die Köpfe hin und her und blieben sprachlos.

Das Eichhörnchen war herbeigesprungen und gebärdete sich sehr aufgeregt. Bald glitt es zu Boden, bald rannte es diesen oder jenen Baum empor, bald lehnte es an seiner aufgepflanzten Fahne und zeigte die weiße Brust. Immer wieder wollte es Gobo unterbrechen, wollte etwas sagen, aber immer wieder wurde es von allen strenge zur Ruhe verwiesen.

Gobo erzählte, wie er hilflos im Schnee gelegen und den Tod erwartet hatte.

„Die Hunde fanden mich“, sagte er, „die Hunde sind furchtbar. Sie sind überhaupt das Furchtbarste, das es auf der ganzen Welt gibt. Ihr Rachen ist voll Blut, ihre Stimme ist voll Zorn und ohne Erbarmen.“ Er sah sich um im ganzen Kreise und fuhr fort: „. . . nun . . . seither habe ich ja mit ihnen gespielt wie mit meinesgleichen . . .“ er war sehr stolz, „. . . ich brauche keine Angst mehr vor ihnen zu haben, denn ich bin jetzt mit ihnen sehr befreundet. Trotzdem, wenn sie zu wüten anfangen, braust es mir im Kopfe, und mein Herz wird ganz starr. Sie meinen es ja nicht immer so böse, und wie ich eben gesagt habe, ich bin ja ihr Freund . . . aber ihre Stimme hat eine entsetzliche Gewalt.“ Er schwieg.

„Weiter!“ drängte Faline.

Gobo sah sie an. „Nun, damals hätten sie mich fast zerrissen . . . aber da kam Er!“

Gobo machte eine Pause. Die anderen atmeten kaum.

„Ja“, sagte Gobo. „Dann kam Er! Er rief die Hunde an, und sie wurden sofort ganz still. Er rief noch einmal, und sie lagen regungslos vor Ihm auf dem Boden. Dann hob Er mich auf. Ich schrie. Aber Er streichelte mich. Er hielt mich sanft an sich gedrückt. Er tat mir nicht weh. Und dann hat Er mich fortgetragen . . .“

Faline unterbrach ihn: „Was ist das, ›Tragen‹?“

Gobo begann es ihr zu erklären, umständlich und wichtig.

„Sehr einfach“, rief Bambi dazwischen, „sieh doch, Faline, wie das Eichhörnchen es macht, wenn es eine Nuß hält und fortträgt . . .“

Das Eichhörnchen wollte endlich sprechen. „. . . ein Vetter von mir . . .“ fing es eifrig an. Doch die anderen riefen sogleich: „Still! Still! Gobo soll weitererzählen!“

Das Eichhörnchen mußte schweigen. Es war verzweifelt, drückte die Vorderpfoten an die weiße Brust und wandte sich zu einem Zwiegespräch an die Elster: „ . . . nämlich . . . ein Vetter von mir . . .“

Aber die Elster kehrte ihm einfach den Rücken.

Gobo erzählte Wunder. „Draußen ist es kalt, und der Sturm heult. Drinnen bei Ihm aber ist es windstill und so warm wie im Sommer.“

„Hach!“ kreischte der Häher.

„Draußen schüttet der Regen vom Himmel, daß alles schwimmt. Aber drinnen bei Ihm fällt kein Tropfen, und man bleibt trocken.“

Die Fasane ließen die Hälse aufzucken und drehten die Köpfe.

„Draußen lag überall der hohe Schnee, aber drinnen stand ich in der Wärme; es war mir ganz heiß, und Er gab mir Heu zu essen, Kastanien, Kartoffeln, Rüben, was ich mir nur wünschen konnte . . .“

„Heu?!“ Alle fragten zugleich, verblüfft, ungläubig, erregt.

„Frisches, süßes Heu“, wiederholte Gobo gelassen und schaute sieghaft umher.

Das Eichhörnchen drängte seine Stimme dazwischen: „Ein Vetter von mir . . .“

„Still doch!“ riefen die anderen.

Und Faline fragte Gobo heftig: „Woher hat Er im Winter Heu und das andere?“

„Er läßt es wachsen“, antwortete Gobo, „was Er will, läßt Er wachsen, und was Er will, ist eben da!“

Faline fragte weiter: „Hast du dich nicht immerfort gefürchtet, Gobo, dort bei Ihm?“

Gobo lächelte sehr überlegen. „Nein, liebe Faline. Gar nicht mehr. Ich wußte ja doch, daß Er mir nichts zuleide tun wollte. Warum hätte ich mich fürchten sollen? Ihr glaubt alle, daß Er böse ist. Aber Er ist nicht böse. Wenn Er jemanden lieb hat, wenn man Ihm dient, ist er gut. Wunderbar gut. Niemand in der ganzen Welt kann so gut sein wie Er . . .“

Plötzlich, während Gobo so redete, trat lautlos der Alte aus dem Gebüsch.

Gobo merkte es nicht und erzählte weiter. Aber alle anderen hatten den Alten erblickt und hielten vor Ehrfurcht den Atem an.

Der Alte stand ohne Bewegung und betrachtete Gobo mit ernsten, tiefen Augen.

Gobo sagte: „Nicht bloß Er allein, auch Seine Kinder haben mich geliebt, auch Seine Frau und alle. Sie haben mich gestreichelt, haben mir zu essen gegeben und mit mir gespielt . . .“ Er brach ab. Er hatte den Alten gesehen.

Eine Stille trat ein.

Dann fragte der Alte mit seiner ruhigen, gebietenden Stimme: „Was hast du da für einen Streifen am Halse?“

Alle blickten hin und gewahrten jetzt zum erstenmal den dunklen Strich aus eingedrückten und abgescheuerten Haaren, der Gobos Hals umsäumte.

Gobo antwortete unsicher: „Das . . .? Das ist von dem Bande, das ich getragen habe . . . es ist Sein Band . . . und . . . ja . . . und es ist die größte Ehre, Sein Band zu tragen . . . es ist . . .“ Er wurde verwirrt und stammelte.

Alle schwiegen. Der Alte sah Gobo lange an, durchdringend und traurig.

„Unglücklicher“, sagte er leise, wandte sich ab und war fort.

In dem Schweigen der Bestürzung, das nun folgte, fing das Eichhörnchen zu schwatzen an: „Nämlich . . . ein Vetter von mir ist auch bei Ihm gewesen . . . Er hat ihn eingefangen und eingesperrt . . . oh, sehr lange, bis eines Tag es mein Vetter . . .“

Aber niemand hörte dem Eichhörnchen zu.

Sie gingen auseinander.

Eines Tages erschien Marena wieder.

Sie war damals, als Gobo verschwand, fast schon erwachsen gewesen, aber man hatte sie seither fast nie gesehen, denn sie hielt sich immer abseits und ging einsame Wege.

Sie war schmächtig geblieben und sah ganz jung aus. Doch sie war ernst und still und übertraf alle anderen an Sanftmut. Nun hatte sie vom Eichhörnchen, von Häher und Elster, Drossel und Fasan gehört, daß Gobo heimgekommen sei und wunderbare Dinge erlebt habe. Da erschien sie, um ihn zu sehen. Gobos Mutter war sehr stolz und glücklich über den Besuch. Gobos Mutter war überhaupt sehr stolz geworden in ihrem Glück. Sie freute sich, daß der ganze Wald von ihrem Sohne sprach, sie schwelgte in seiner Berühmtheit und sie verlangte, ein jeder solle anerkennen, daß ihr Gobo der Klügste, der Fähigste und der Beste sei.

„Was sagst du, Marena?“ rief sie. „Was sagst du zu Gobo?“ Sie wartete keine Antwort ab und fuhr fort: „Erinnerst du dich noch, wie Frau Nettla gemeint hat, er sei nicht viel wert, weil er in der Kälte ein wenig gezittert hat . . . erinnerst du dich noch, wie sie mir prophezeit hat, ich werde nicht viel Freude an ihm erleben?“

„Nun, Sie haben ja wohl Kummer genug gehabt um Gobo“, antwortete Marena.

„Das ist doch vorbei!“ rief die Mutter und war verwundert darüber, daß jemand noch an diese Dinge denken könne. „Ach, mir ist es so leid um die arme Frau Nettla. Wie schade, daß sie nicht mehr lebt und nicht mehr sehen kann, was aus meinem Gobo geworden ist!“

„Ja, die arme Frau Nettla“, sagte Marena leise, „es ist schade um sie.“

Gobo hörte es gerne, wenn seine Mutter ihn so lobte. Es gefiel ihm. Er stand dabei und fühlte sich unter diesen Anpreisungen so wohlig wie im warmen Sonnenschein.

Die Mutter erzählte Marena: „Sogar der alte Fürst ist gekommen, um Gobo zu sehen . . .“ Sie sagte das geheimnisvoll, flüsternd und feierlich. „Noch nie hat er sich unter uns blicken lassen . . . aber wegen Gobo ist er gekommen!“

„Warum hat er ›Unglücklicher‹ zu mir gesagt?“ fiel Gobo unzufriedenen Tones ein. „Ich möchte wissen, was das für einen Sinn haben soll!“ „Laß doch“, tröstete die Mutter, „er ist eben alt und wunderlich.“

Doch Gobo machte sich endlich Luft: „Die ganzen Tage her geht mir das immer wieder durch den Kopf. Unglücklicher! Ich bin gar nicht unglücklich! Ich bin sehr glücklich! Ich habe mehr gesehen, mehr erlebt als alle anderen! Ich weiß mehr von der Welt und ich kenne das Leben besser als irgendeiner hier im Walde! Was meinst du, Marena?“

„Ja“, sagte sie, „das kann gewiß niemand leugnen.“

Von diesem Tage an gingen Marena und Gobo immer zusammen.

Bambi suchte den Alten. Nächtelang streifte er umher, wanderte um die Stunde des Sonnenaufgangs und zur Stunde der Morgenröte auf ungebahnten Wegen, ohne Faline.

Manchmal trieb es ihn noch zu Faline, manchmal war er noch ebenso gerne mit ihr beisammen wie früher, fand es schön, mit ihr umherzugehen, ihr Plaudern zu hören, mit ihr auf der Wiese oder am Saum der Dickungen Mahlzeit zu halten; aber das genügte ihm nicht mehr so ganz.

Früher hatte er im Beisammensein mit Faline nur selten einmal und nur flüchtig seiner Begegnungen mit dem Alten gedacht. Jetzt war er auf der Suche nach dem Alten, empfand ein unerklärlich dringendes Verlangen, ihn zu sehen, und erinnerte sich nur zwischendurch einmal an Faline. Sie konnte er immer haben, sooft er wollte. Mit den anderen aber, mit Gobo, mit Tante Ena zusammenzusein, lockte ihn wenig. Er vermied es, wo er konnte.

Das Wort, das der Alte über Gobo gesagt hatte, klang in Bambi nach. Er war davon merkwürdig stark getroffen worden. Gobo hatte ihn gleich vom ersten Tage seiner Wiederkehr an sonderbar gerührt. Bambi wußte nicht, warum, aber Gobos Anblick hatte sofort auch etwas Quälendes für ihn gehabt. Bambi schämte sich für Gobo, ohne zu wissen, weshalb; und er bangte für ihn, ohne zu wissen, warum. Wenn er aber jetzt mit dem arglosen, selbstbewußten, vergnügt hochmütigen Gobo beisammen war, kam ihm beständig das eine Wort in den Sinn: Unglücklicher! Er wurde es nicht los.

In einer dunklen Nacht jedoch, in der Bambi dem Käuzchen zu Gefallen wieder einmal beteuert hatte, daß er arg erschrocken sei, fiel es ihm plötzlich ein, zu fragen: „Wissen Sie vielleicht, wo der Alte jetzt sein mag?“

Das Käuzchen gurrte, es habe keine blasse Ahnung. Aber Bambi merkte, daß es nur nicht mit der Sprache herausrücken wollte.

„Nein“, sagte er, „das glaube ich Ihnen nicht. Sie sind so klug, Sie wissen alles, was im Walde vorgeht . . . Sie wissen sicherlich auch, wo der Alte steckt.“

Das Käuzchen, das ganz aufgeplustert war, legte seine Federn an den Leib und wurde schmal. „Natürlich weiß ich es“, gurrte es noch leiser, „aber ich darf es nicht sagen . . . ich darf wirklich nicht . . .“

Bambi begann zu bitten: „Ich werde Sie nicht verraten . . . wie könnte ich das auch, wo ich Sie doch so sehr verehre . . .“

Das Käuzchen wurde wieder zu einer schönen, weichen, graubraunen Kugel, verdrehte seine klugen, großen Augen ein wenig, wie immer, wenn ihm wohl zumute war, und fragte: „Soso, Sie verehren mich also wirklich? Und warum?“

Bambi zögerte nicht. „Weil Sie so weise sind“, sagte er aufrichtig, „und trotzdem so lustig und so freundlich. Und weil Sie so gut imstande sind, andere zu erschrecken. Es ist so klug, die anderen zu erschrecken, so ganz besonders klug. Ich wollte, ich könnte das auch, das würde mir von sehr großem Nutzen sein.“

Das Käuzchen hatte den Schnabel tief in den Brustflaum gesenkt und war glücklich.

„Nun“, sagte es, „ich weiß, daß der Alte Sie gut leiden mag . . .“

„Glauben Sie das?“ rief Bambi dazwischen, und sein Herz begann freudig zu klopfen.

„Ja, ich glaube es wohl“, antwortete das Käuzchen, „er mag Sie gut leiden, und deshalb denke ich, daß ich es wagen darf, Ihnen zu sagen, wo er jetzt ist . . .“ Es zog seine Federn dicht an den Leib und wurde plötzlich wieder ganz dünn. „Kennen Sie den tiefen Graben, wo die Weiden stehen?“

„Ja“, nickte Bambi.

„Kennen Sie auf der anderen Seite die junge Eichendickung?“

„Nein“, gestand Bambi, „ich bin noch niemals auf der anderen Seite gewesen.“

„So merken Sie gut auf“, das Käuzchen flüsterte, „auf der andern Seite ist die Eichendickung. Da müssen Sie durch. Dann kommt Gebüsch, viel Gebüsch, Hasel und Silberpappel, Weißdorn und Liguster. Mitten drin liegt eine alte, vom Winde gebrochene Buche. Sie müssen danach suchen, denn da unten, von Ihnen aus, kann man sie sicher nicht so leicht sehen wie von oben, aus der Luft. Dort wohnt der Alte. Unter dem Stamm. Aber . . . verraten Sie mich nicht!“

„Unter dem Stamm?“

„Ja!“ Das Käuzchen lachte. „An einer Stelle ist dort in der Erde eine Mulde. Der Stamm liegt hohl darüber. Und dort ist er.“

„Ich danke“, sagte Bambi herzlich. „Ich weiß nicht, ob ich ihn finden werde, aber ich danke tausendmal.“

Rasch lief er fort.

Lautlos flog ihm das Käuzchen nach und fing dicht über ihm zu gellen an. „U-j? U-ij!“

Bambi fuhr zusammen.

„Sind Sie erschrocken?“ fragte das Käuzchen.

„Ja . . .“, stammelte er und sagte diesmal die Wahrheit.

Das Käuzchen gurrte ganz vergnügt und meinte: „Ich wollte Sie nur noch einmal erinnern – verraten Sie mich nicht!“

„Gewiß nicht!“ beteuerte Bambi und lief davon. Als er an den Graben kam, tauchte aus der nachtfinstern Tiefe der Alte vor ihm auf, so lautlos und so plötzlich, daß Bambi wiederum erschreckt zusammenfuhr.

„Ich bin nicht mehr dort, wo du mich suchst“, sagte der Alte.

Bambi schwieg.

„Was willst du von mir?“ fragte der Alle.

„Nichts . . .“ stotterte Bambi, „oh . . . nichts . . . verzeihen Sie . . .“

Der Alte sagte nach einer Weile, und es klang milde: „Du suchst mich nicht erst seit heute.“

Er wartete. Bambi schwieg. Der Alte fuhr fort: „Gestern bist du zweimal ganz nahe bei mir vorbeigegangen und heute morgen wieder zweimal, ganz nahe . . .“

„Warum . . .“ Bambi nahm seinen Mut zusammen, „warum haben Sie das von Gobo gesagt . . .?“

„Meinst du, daß ich unrecht habe?“

„Nein“, rief Bambi leidenschaftlich, „nein! Ich fühle, daß es wahr ist!“

Der Alte nickte kaum merklich, und seine Augen sahen Bambi an, so gütig wie nie vorher.

Bambi sagte in diese Augen: „Aber . . . warum? . . . Ich kann es nicht begreifen!"

„Es genügt, daß du es fühlst. Du wirst es später begreifen. Leb wohl."

Alle merkten bald, daß Gobo eine Gewohnheit hatte, die seltsam und bedenklich war. Er schlief bei Nacht, wenn die andern wachten und umhergingen. Des Tages aber, während die andern ihre Verstecke suchten, um zu schlafen, war er munter und ging spazieren. Ja, er trat, wann er wollte, ohne Zögern, aus dem Dickicht und stand im hellen Sonnenlicht seelenruhig mitten auf der Wiese.

Bambi konnte nicht länger dazu schweigen. „Denkst du denn gar nicht an die Gefahr?" fragte er.

„Nein", antwortete Gobo einfach, „für mich gibt es keine."

„Du vergißt, mein lieber Bambi", mengte sich Gobos Mutter ein, „du vergißt, daß Er sein Freund ist. Gobo darf sich mehr erlauben als du oder wir andern." Und sie war sehr stolz. Bambi sagte nichts mehr. Eines Tages bemerkte Gobo zu ihm: „Weißt du, mitunter kommt es mir seltsam vor, daß ich hier so esse, wann ich will und wo ich will."

Bambi verstand nicht. „Warum soll das seltsam sein? Das tun wir doch alle."

„Ja . . . ihr!" meinte Gobo überlegen, „aber mit mir ist das etwas anderes. Ich bin gewohnt, daß man mir mein Essen bringt und mich ruft, wenn es bereit ist."

Bambi sah Gobo mitleidig an, sah Tante Ena an, Faline und Marena. Aber sie lächelten nur und bewunderten Gobo.

„Ich glaube", begann Faline, „du wirst dich schwer an den Winter gewöhnen, Gobo. Bei uns hier draußen gibt es im Winter überhaupt kein Heu, keine Rüben und keine Kartoffeln."

„Das ist wahr", antwortete Gobo nachdenklich, „daran habe ich noch gar nicht gedacht. Ich kann mir auch gar nicht mehr vorstellen, wie das ist. Es muß schrecklich sein."

Bambi sagte ruhig: „Nicht schrecklich. Es ist nur schwer."

„Nun", erklärte Gobo großartig, „wenn es mir zu schwer wird, gehe ich einfach wieder zu Ihm. Warum soll ich denn hungern? Das hab' ich wirklich nicht nötig."

Bambi wandte sich ohne ein Wort ab und ging fort.

Als Gobo dann wieder mit Marena allein war, begann er über Bambi zu reden. „Er versteht mich nicht“, sagte er, „der gute Bambi glaubt, ich bin immer noch der dumme, kleine Gobo, der ich früher einmal war. Er kann sich noch immer nicht damit abfinden, daß ich was Besonderes geworden bin. Die Gefahr! Was hat er nur mit der Gefahr? Er meint es ja gewiß recht gut mit mir, aber die Gefahr, das ist etwas für ihn und seinesgleichen, nicht für mich!“

Marena stimmte ihm bei. Sie liebte ihn, und Gobo liebte sie, und sie waren beide sehr glücklich.

„Siehst du“, sprach er zu ihr, „niemand versteht mich so gut wie du! Allerdings, ich kann mich ja nicht beklagen. Man achtet und ehrt mich allgemein. Aber du verstehst mich am besten. Die andern . . . wenn ich ihnen noch so oft erzähle, wie gut Er ist, sie hören mich an, sie denken gewiß nicht, daß ich lüge, doch sie bleiben dabei, daß Er furchtbar sein muß!“

„Ich glaubte stets an Ihn“, sagte Marena schwärmerisch.

„So?“ erwiderte Gobo leichthin.

„Erinnerst du dich“, fuhr Marena fort, „an jenen Tag, an welchem du im Schnee liegen bliebst? An jenem Tage sagte ich, Er werde einmal zu uns in den Wald kommen und mit uns spielen . . .“

„Nein“, erwiderte Gobo gedehnt, „daran kann ich mich nicht erinnern.“

Ein paar Wochen verstrichen, und ein Morgen dämmerte, da fanden sich Bambi und Faline, Gobo und Marena in der alten, heimatlichen Haseldickung zusammen. Bambi und Faline kamen eben von ihrer Wanderung heim, waren an der Eiche vorbeigegangen und wollten ihr Lager aufsuchen, als sie Gobo und Marena begegneten. Gobo war im Begriff, auf die Wiese hinauszugehen.

„Bleib doch bei uns“, sagte Bambi, „die Sonne wird gleich herauf sein, jetzt geht niemand mehr hinaus ins Freie.“

„Lächerlich“, spottete Gobo, „wenn niemand geht . . . ich gehe.“

Er schritt weiter, Marena folgte ihm.

Bambi und Faline waren stehengeblieben. „Komm!“ sagte Bambi voll Ärger zu Faline. „Komm! Er soll machen, was er will.“

Sie wollten weiter. Da schrillte draußen, auf der andern Seite der Wiese, der Häher, laut und warnend.

Mit einem Ruck kehrte Bambi um und rannte Gobo nach. Knapp vor der Eiche holte er ihn und Marena ein.

„Hörst du?“ rief er ihn an.

„Was denn?“ fragte Gobo verdutzt.

Wieder schrillte der Häher vom andern Rande der Wiese her.

„Hörst du nicht?“ wiederholte Bambi.

„Nein“, sagte Gobo ruhig.

„Es ist Gefahr!“ drängte Bambi.

Jetzt schäkerte eine Elster hell auf, gleich nachher wieder eine und augenblicklich hinterdrein eine dritte. Dazwischen kreischte der Häher noch einmal, und hoch aus den Lüften gaben die Krähen Signale.

Auch Faline begann jetzt zu bitten: „Geh nicht hinaus, Gobo! Es ist Gefahr!“

Selbst Marena bat: „Bleib hier! Mir zuliebe, bleib heute hier . . . es ist Gefahr!“

Gobo stand da und lächelte überlegen. „Gefahr! Gefahr! Was kümmert das mich?“

Bambi hatte einen Gedanken, den die Not des Augenblicks ihm eingab: „Laß wenigstens Marena zuerst hinaus, damit wir wissen . . .“

Er hatte noch nicht vollendet, da war Marena schon hinausgeschlüpft.

Sie standen alle drei und schauten ihr nach. Bambi und Faline atemlos, Gobo mit offenkundiger Geduld, als wollte er den andern ihren närrischen Willen lassen.

Sie sahen, wie Marena Schritt vor Schritt in die Wiese trat, langsam, das Haupt erhoben, mit zögernden Beinen. Sie spähte und witterte nach allen Seiten.

Plötzlich eine blitzschnelle Wendung, ein hoher Sprung, und wie vom Sturm gefegt, stob sie in die Dickung zurück. „Er . . . Er ist da!“ flüsterte sie mit einer vor Entsetzen erstickten Stimme. Sie bebte am ganzen Leibe. „Ich . . . ich . . . habe . . . Ihn gesehen . . . Er . . . ist da . . .“ stammelte sie, „dort drüben . . . bei den Erlen steht Er . . .“

„Fort!“ rief Bambi, „auf der Stelle fort!“

„Komm!“ flehte Faline. Und Marena, die fast nicht mehr sprechen konnte, flüsterte: „Ich bitte dich, Gobo, komm jetzt . . . ich bitte dich . . .“

Aber Gobo blieb ruhig. „Lauft doch, soviel ihr laufen könnt", sagte er, „ich hindere euch ja nicht. Wenn Er da ist, will ich Ihn begrüßen."

Gobo war nicht zu halten.

Sie blieben und sahen, wie er hinausging. Sie blieben, denn seine große Zuversicht übte einen Zwang auf sie, und zugleich hielt die ungeheure Angst um ihn sie fest. Sie konnten sich nicht von der Stelle rühren.

Gobo stand frei auf der Wiese, sah umher und suchte die Erlen. Jetzt schien er sie gefunden, jetzt schien er Ihn erblickt zu haben. Da krachte der Donnerschlag.

Gobo wurde vom Knall in die Höhe gerissen, machte jählings kehrt und flog in geschleuderten Sätzen zurück ins Dickicht.

Sie standen noch, vom Schreck gelähmt, als er herankam. Sie hörten seinen Atem pfeifen, wandten sich mit ihm, der nicht innehielt, sondern in besinnungslosen Sätzen weiterstürmte, nahmen ihn in ihre Mitte und ergaben sich der vollen Flucht.

Gleich darauf aber brach Gobo zusammen.

Marena stand sofort still, ganz nahe bei ihm. Bambi und Faline etwas weiter weg, fluchtbereit.

Gobo lag mit aufgerissener Flanke und blutig herausgequollenen Eingeweiden. Er hob das Haupt in drehender, matter Bewegung.

„Marena . . ." sagte er mühsam, „Marena . . . Er hat mich nicht erkannt . . ." Die Stimme zerbrach ihm.

Es rauschte ungestüm und rücksichtslos im Gebüsch von der Wiese her.

Marena senkte ihr Haupt zu Gobo. „Er kommt!" flüsterte sie drängend. „Gobo . . . Er kommt! Kannst du nicht auf und mit mir . . .?"

Gobo hob wiederum schwach in drehenden Bewegungen den Hals, schlug zuckend mit den Läufen und blieb liegen.

Prasselnd, knackend und rauschend teilten sich die Büsche, und Er trat heran.

Marena sah Ihn ganz nahe. Langsam wich sie zurück, entschwand hinter dem Gestrüpp, eilte zu Bambi und Faline.

Einmal noch wandte sie sich um, da sah sie, wie Er sich über den Gestürzten beugte und nach ihm griff.

Dann hörten sie Gobos klagenden Todesschrei.

Bambi war allein. Er ging an das Wasser, das still zwischen Schilf und Uferweiden hinfloß.

Oft und öfter kam er nun hierher, seit er sich allein hielt. Hier gab es wenig Straßen, und hier traf er fast niemals jemanden von den Seinigen. Gerade das aber wollte er. Denn ihm war nun der Sinn ernst geworden und das Gemüt schwer. Was in ihm vorging, wußte er nicht, dachte auch gar nicht darüber nach. Er grübelte nur planlos verworren vor sich hin, und ihm war, als sei das ganze Leben dunkler geworden.

Am Ufer pflegte er lange zu stehen. Der Wasserlauf, der hier in sanfter Krümmung vorbeifloß, bot einen weiten Blick. Der kühle Atem der Wellen brachte erfrischend bittere, ungewohnte Gerüche mit herauf, deren Witterung Sorglosigkeit und Zutrauen weckte. Bambi stand da und sah den Enten zu, die hier gesellig beisammen waren. Sie redeten unablässig miteinander, freundlich, ernst und klug. Es waren ein paar Mütter, und jede hatte eine ganze Kinderschar um sich her, die beständig unterrichtet wurde und unermüdlich lernte. Manchmal gab die eine oder die andere von den Müttern ein Warnungszeichen. Dann stoben die jungen Enten nach allen Seiten davon; ohne Zögern, wie ausgestreut, glitten sie auseinander, vollkommen lautlos. Bambi sah einen Augenblick, wie die Kleinen, die noch nicht fliegen konnten, im dichten Schilf dahinzogen, behutsam, ohne ein Rohr zu streifen, damit es nicht verräterisch ins Schwanken gerate. Da und dort sah er in den Binsen die dunklen, kleinen Körper langsam verhuschen. Dann sah er gar nichts mehr. Ein kurzer Ruf der Mutter, und im Nu wirbelten sie alle wieder herbei. Im Nu war ihr Geschwader wieder versammelt, und sie begannen, wie vorher, bedächtig zu kreuzen. Bambi bewunderte das immer von neuem. Es war wie ein Kunststück.

Nach einem solchen Alarm fragte er einmal eine von den Müttern: „Was hat's denn vorhin gegeben? Ich habe genau aufgepaßt, aber nichts bemerkt."

„Es war auch nichts", antwortete die Ente.

Ein anderes Mal hatte von den Kindern eines das Warnungszeichen gegeben, hatte blitzschnell gewendet, steuerte durchs Rohr gerade zu der Uferstelle, wo Bambi stand, und kam herauf.

Bambi fragte das Kleine: „Was war denn jetzt? Ich habe nichts bemerkt."

„Es war auch nichts“, gab das Junge zur Antwort, schüttelte altklug die Steißfedern, legte die Spitzen der Schwingen sorglich darüber zurecht und ging wieder ins Wasser.

Trotzdem verließ sich Bambi auf die Enten. Er begriff, daß sie wachsamer waren als er, daß sie schärfer hörten und besser sahen. Wenn er hier stand, gab die stete Spannung, die ihn sonst erfüllte, ein wenig nach.

Er sprach auch gerne mit den Enten. Sie redeten nicht das Zeug, das er von den übrigen so oft schon gehört hatte. Sie erzählten von der weiten Luft, vom Winde und von fernen Feldern, auf denen man in köstlichen Leckerbissen schwelgte.

Manchmal sah Bambi etwas Kleines durch die Luft an sich vorüberzucken, dicht am Ufer entlang, wie einen feuerfarbigen Blitz. „Srrr-ih!“ schrie der Eisvogel leise für sich und zuckte vorbei. Ein kleiner, schwirrender Punkt. Er glühte in Blau und Grün, funkelte rot, leuchtete auf und war weg. Bambi staunte begeistert, wünschte sich, den seltsamen Fremden aus der Nähe zu sehen, und rief ihn an.

„Geben Sie sich keine Mühe“, sagte das Rohrhuhn aus dem dichten Schilf zu ihm herauf. „Geben Sie sich nur keine Mühe, der antwortet Ihnen ja doch nicht.“

„Wo sind Sie?“ fragte Bambi und spähte im Schilf umher.

Aber an einer ganz andern Stelle lachte das Rohrhuhn hell auf. „Hier bin ich! Der mürrische Kerl, den Sie vorhin angesprochen haben, redet mit niemandem. Es ist ganz umsonst, ihn zu rufen.“

„Er ist so schön!“ sagte Bambi.

„Aber schlecht!“ gab das Rohrhuhn, wieder von einer andern Stelle her, zurück.

„Warum glauben Sie das?“ erkundigte sich Bambi.

Von einer ganz andern Seite her antwortete das Rohrhuhn: „Er kümmert sich um niemanden und um nichts. Da kann geschehen, was will. Er grüßt nie und hat noch nie für einen Gruß gedankt. Er gibt niemandem ein Zeichen, wenn Gefahr in der Nähe ist. Er hat noch nie mit irgend jemandem ein Wort gesprochen.“

„Der Arme . . .“ sagte Bambi.

Das Rohrhuhn fuhr fort, und seine munter piepende Stimme klang jetzt wieder von einer andern Seite her: „Er glaubt wahrscheinlich, daß man ihn um seine paar Farben beneidet, und will nicht einmal, daß man ihn genauer anschaut."

„Sie lassen sich ja auch nicht blicken", meinte Bambi.

Sofort stand das Rohrhuhn vor ihm. „An mir ist nichts zu sehen", sagte es einfach. Schmal, glänzend vom Wasser, stand es da in einem schlichten Kleid, mit seiner zierlichen Gestalt, unruhig, beweglich, vergnügt. Und im Husch war es auch schon wieder weg.

„Ich verstehe nicht, wie man so lange auf einem Fleck bleiben kann", rief es aus dem Wasser. Und wieder von einer andern Seite her fügte es hinzu: „Das ist langweilig und gefährlich, so lange auf einem Flecke zu bleiben." Abermals von einer andern Seite her jauchzte es ein paarmal hell auf. „Man muß sich bewegen!" rief es fröhlich herüber. „Wenn man sicher leben und satt werden will, dann muß man sich bewegen!"

Ein leises Knistern der Grashalme ließ Bambi aufschrecken. Er sah sich um. Dort, an der Böschung schimmerte es rötlich und verschwand im Schilf. Zugleich kam eine warme, scharfe Witterung in seinen Atem. Dort schlich der Fuchs. Bambi wollte rufen und warnend den Boden stampfen, da rauschte das jäh im Sprunge geteilte Röhricht, das Wasser platschte, und verzweifelt schrie eine Ente. Bambi hörte das Knattern ihrer Schwingen, sah ihren weißen Leib im Grünen aufschimmern und sah jetzt, wie ihre Flügel mit lautem Klatschen dem Fuchs die Wangen peitschten. Dann wurde es still.

Gleich darauf kam der Fuchs die Böschung herauf und hielt die Ente im Maul. Ihr Hals hing schlaff herab, ihre Schwingen bewegten sich noch ein wenig, der Fuchs beachtete es nicht. Er sah mit spöttisch stechenden Augen Bambi von der Seite an und zog langsam ins Dickicht.

Bambi stand bewegungslos.

Knatternd waren ein paar von den alten Enten aufgestiegen und flogen in fassungslosem Schreck davon. Das Rohrhuhn gellte Warnungsrufe nach allen Seiten. Die Meisen im Gebüsch zwitscherten erregt, die jungen Enten stoben im Schilf umher und klagten, verwaist, mit leisen Tönen.

Der Eisvogel zuckte am Ufer entlang.

„Bitte!" riefen die jungen Enten, „bitte, haben Sie unsere Mutter gesehen?"

„Srrr-ih!“ schrillte der Eisvogel und zuckte funkelnd vorüber. „Was geht ihr mich an!“

Bambi wandte sich ab und ging. Er wanderte durch eine dichte Wildnis von Goldruten, zog durch einen Plan hoher Buchen, durchquerte altes Haselgebüsch, bis er an den Rand des großen Grabens gelangte. Hier strich er irr umher, in der Hoffnung, dem Alten zu begegnen. Er hatte ihn lange, hatte ihn seit Gobos Ende nicht gesehen.

Jetzt erblickte er ihn schon von weitem und lief ihm entgegen.

Schweigend gingen sie eine Weile nebeneinander her. Dann fragte der Alte: „Nun . . . reden sie noch viel von ihm?“

Bambi verstand, daß Gobo gemeint sei, und erwiderte: „Ich weiß es nicht . . . ich bin jetzt fast immer allein . . .“ Er zögerte: „. . . aber . . . ich muß sehr viel an ihn denken.“

„So!“ sprach der Alte, „bist du jetzt allein?“

„Ja“, sagte Bambi erwartungsvoll, aber der Alte schwieg.

Sie gingen weiter. Plötzlich blieb der Alte stehen. „Hörst du nichts?“

Bambi lauschte. Nein, er hörte nichts.

„Komm!“ rief der Alte und eilte voraus. Bambi folgte ihm.

Wieder blieb der Alte stehen. „Hörst du noch immer nichts?“

Jetzt vernahm Bambi ein Geräusch, das er nicht begriff. Es war wie von Zweigen, die niedergezerrt werden und widerspenstig aufschnellen. Dabei schlug etwas dumpf und unregelmäßig gegen den Boden.

Bambi wollte sich zur Flucht wenden.

„Komm!“ rief der Alte und lief in der Richtung des Geräusches. Bambi an seiner Seite wagte die Frage: „Ist keine Gefahr dort?“

„Doch!“ antwortete der Alte finster. „Dort ist große Gefahr!“

Bald sahen sie die Zweige, an denen von unten her gezerrt und gerüttelt wurde, sich ruckweise stürmisch bewegen. Sie kamen heran und merkten, daß eine kleine Straße mitten durch den Busch lief.

Freund Hase lag am Boden, schleuderte sich hin und her, zappelte, lag still, zappelte wieder, und jede seiner Bewegungen riß an den Zweigen über ihm.

Bambi gewahrte einen dunklen Strich, gleich einer Ranke. Der wand sich straff von dem einen Zweig zum Hasen nieder und umschlang seinen Hals.

Nun mußte Freund Hase gehört haben, daß jemand kam. Wie rasend warf er sich in die Höhe, fiel zu Boden, wollte flüchten, kugelte niedergerissen ins Gras und zappelte.

„Lieg still!“ herrschte ihn der Alte an, und mitleidig, mit einer sanften Stimme, die Bambi durchs Herz ging, wiederholte er ganz nahe bei ihm: „Sei ruhig, Freund Hase, ich bin's! Beweg' dich jetzt nicht. Bleib ganz still liegen.“

Regungslos lag der Hase flach am Boden. Sein geschnürter Atem röchelte leise.

Der Alte nahm den Zweig mit der seltsamen Ranke zwischen die Lippen, zog ihn herab, trat kunstvoll sich wendend darauf, hielt ihn unter den harten Schalen seiner Füße fest an die Erde und knickte ihn nun mit einem einzigen Schlag seiner Krone.

Dann neigte er sich zum Hasen. „Halt still“, sagte er, „wenn's auch weh tut.“

Das Haupt zur Seite geneigt, legte er die eine Stange seiner Krone dicht an das Genick des Hasen, drückte sie ihm hinter den Löffeln fest ins Fell, tastete damit und nickte. Der Hase begann sich zu winden.

Sofort fuhr der Alte zurück. „Ruhig!“ befahl er. „Es geht um dein Leben!“ Er begann von neuem. Der Hase lag still und röchelnd. Bambi stand in sprachlosem Staunen dabei.

Jetzt hatte die eine Stange des Alten, fest in den Pelz des Hasen gedrückt, die Schlinge unterfahren. Der Alte kniete beinahe, drehte wie bohrend das Haupt, schob die Krone tiefer und tiefer in die Schlinge, die endlich nachgab und sich zu lockern begann.

Der Hase bekam Luft, und sogleich brach seine Angst, brachen seine Schmerzen laut aus ihm heraus. „E . . . e . . . eh!“ Er weinte jammernd.

Der Alte hielt inne. „Schweig doch“, rief er mild verweisend, „schweig doch!“ Sein Mund lag dicht an des Hasen Schulter, seine Krone stand mit einer Stange zwischen den Löffeln, und es sah aus, als habe er den Hasen gespießt.

„Wie kannst du nur so dumm sein und jetzt weinen“, murrte er ohne Strenge. „Willst du den Fuchs herbeirufen? Ja? Nun also. Halte dich ruhig.“

Er arbeitete weiter, langsam, vorsichtig, angestrengt. Plötzlich gab die Schlinge mit einem langen Rutscher nach. Der Hase schlüpfte heraus und war frei, ohne daß er es im Augenblick wußte. Er machte einen Schritt und blieb betäubt sitzen. Dann hoppte er davon. Zuerst langsam, schüchtern, dann immer schneller. Schließlich rannte er in wilden Sprüngen.

Bambi sah ihm nach. „Ohne zu danken!" rief er verblüfft.

„Er ist noch ganz von Sinnen", sagte der Alte.

Die Schlinge lag rund am Boden. Bambi stieß leicht dagegen; sie klirrte, und Bambi erschrak. Das war ein Klang, der nicht zum Walde gehörte.

„Er . . .?" fragte Bambi leise. – Der Alte nickte.

Sie schritten still nebeneinander weiter. „Nimm dich in acht", sagte der Alte, „wenn du auf einer Straße gehst, prüfe die Zweige, strecke die Krone voraus, auf und nieder, und kehre gleich um, wenn du dieses Klirren hörst. Wenn aber die Zeit da ist, in der du keine Krone trägst, dann gib doppelt acht. Ich gehe längst keine Straße mehr."

Bambi versank in erregtes Grübeln.

„Er ist nicht da . . ." flüsterte er tief erstaunt vor sich hin.

Der Alte antwortete: „Nein . . . jetzt ist Er nicht im Walde."

„Und dennoch Er!" Bambi schüttelte den Kopf.

Der Alte fuhr fort, und seine Stimme war voll Bitterkeit: „Wie hat euer Gobo doch gesagt . . .? Hat er euch nicht vorgeredet, daß Er allmächtig ist und allgütig . . .?"

Bambi flüsterte: „Ist er denn nicht allmächtig?"

„Ebenso, wie er allgütig ist", grollte der Alte.

Verzagt meinte Bambi: „. . . zu Gobo . . . zu ihm ist Er doch gütig gewesen . . ."

Der Alte blieb stehen. „Glaubst du das, Bambi?" fragte er traurig. Zum erstenmal nannte er Bambi beim Namen.

„Ich weiß nicht!" rief Bambi gequält. „Ich verstehe es nicht!"

Der Alte sagte langsam: „Man muß leben lernen . . . und auf der Hut sein."

Ein Morgen kam, der brachte das Unheil über Bambi.

Das fahle Grau der ersten Dämmerung schlich in den Wald. Von den Wiesen hob sich ein milchweißer Nebel, und jene Stille war ringsum ausgebreitet, die den Übergang der Tageszeiten durchatmet.

Noch waren die Krähen nicht erwacht, nicht die Elstern, und der Häher schlief.

Bambi war Faline begegnet in dieser Nacht. Sie sah ihn traurig an und war sehr schüchtern.

„Ich bin so viel allein", sagte sie leise.

„Auch ich bin allein", erwiderte Bambi zögernd.

„Warum bleibst du nicht mehr bei mir?" fragte Faline demütig, und es schmerzte ihn, daß die muntere, dreiste Faline nun so ernst und unterwürfig war.

„Ich muß allein sein", entgegnete er. Doch so schonend er es hatte sagen wollen, es klang hart. Er hörte es selbst.

Faline sah ihn an und fragte ganz leise: „Liebst du mich noch?"

Bambi antwortete ebenso: „Ich weiß es nicht."

Da ging sie still von ihm fort und ließ ihn allein.

Nun stand er unter der großen Eiche am Wiesenrand, spähte sorgsam sichernd hinaus und trank den Morgenwind, der rein war von jeder Witterung, der feucht und erfrischend nach Erde roch, nach Tau und Gras und nassem Holz. Bambi atmete tief. Ihm wurde auf einmal frei zu Gemüt, wie seit langem nicht. Heiter trat er hinaus in die nebelüberwallte Wiese.

Da krachte ein Donnerschlag.

Bambi fühlte einen furchtbaren Stoß, der ihn taumeln machte.

Rasend vor Schreck sprang er ins Dickicht zurück und rannte weiter. Er begriff nicht, was geschehen war, er konnte keinen einzigen Gedanken fassen, er rannte nur und rannte. Der Schrecken hielt sein Herz umfangen, daß ihm der Atem verging, während er blindlings weiterstürmte. Aber mit einem Male durchfuhr ihn ein stechender Schmerz, den er nicht zu ertragen meinte. Er fühlte, wie es ihm heiß über den linken Schenkel lief, ein dünner, brennender Faden, der von dorther kam, wo der Schmerz auf ihn einstach. Bambi mußte innehalten im Laufen. Es zwang ihn, langsamer zu schreiten. Dann fühlte er, wie er lahm wurde im Kreuz und an den Beinen. Und er sank zusammen.

Es war Labsal, so dazuliegen und zu ruhen.

„Auf! Bambi! Auf!“ Der Alte stand bei ihm und stieß ihn leise in die Schulter.

Bambi wollte erwidern: „Ich kann nicht“, aber der Alte wiederholte: „Auf! Auf!“ und es war ein solches Drängen in seiner Stimme und eine solche Zärtlichkeit, daß Bambi schwieg. Auch der Schmerz, der ihn durchwühlte, schwieg einen Augenblick.

Jetzt sagte der Alte in Hast und Angst: „Steh auf! Du mußt fort, mein Kind!“ Mein Kind . . . Es war, als entschlüpfte ihm dieses Wort, und Bambi stand im Nu auf seinen Beinen.

„So!“ sagte der Alte, atmete tief und redete eindringlich weiter: „Komm jetzt mit mir . . . nur immer mit mir . . .!“

Er schritt eilig voraus. Bambi folgte ihm, aber es war seine inbrünstige Sehnsucht, sich zu Boden gleiten zu lassen, still zu liegen und auszuruhen.

Der Alte schien das zu erraten und sprach unablässig auf ihn ein. „Jetzt mußt du jeden Schmerz ertragen, jetzt darfst du nicht ans Hinlegen denken . . . nicht einmal denken darfst du daran, denn das allein schon macht dich müde! Jetzt mußt du dich retten . . . verstehst du mich, Bambi? . . . retten . . . sonst bist du verloren . . . denke nur daran, daß Er hinter dir her ist . . . verstehst du mich, Bambi? . . . und Er tötet dich ohne Erbarmen . . . komm hierher . . . so, nur immer hierher . . . es wird schon gehen . . . es muß gehen . . .“ Bambi hatte keine Kraft mehr, zu denken. Der Schmerz tobte in ihm bei jedem Schritt, raubte ihm Atem und Besinnung, und der heiße Streifen, der ihm den Schenkel hinunterglühte, brannte ihm eine tiefe, traumhafte Erregung ins Herz.

Der Alte ging einen weiten Kreis rundum. Es dauerte lange. Bambi nahm durch den Schleier von Schmerz und Schwäche mit Staunen wahr, daß sie auf einmal wieder bei der großen Eiche vorbeikamen.

Da blieb der Alte stehen und witterte am Boden. „Hier!“ flüsterte er, „hier . . . ist Er . . . und hier . . . der Hund . . . Komm jetzt . . . schneller!“

Sie liefen. Plötzlich blieb der Alte wieder stehen.

„Siehst du . . .!“ rief er, „hier hast du am Boden gelegen.“

Bambi sah das eingedrückte Gras und in breiter Lache sein eigenes Blut, das in die Erde versickerte.

Der Alte witterte den Platz sorgsam ab. „Sie sind schon dagewesen . . . Er und der Hund . . ." sagte er, „nun komm!" Er schritt langsam, immer aufs neue witternd, voran.

Bambi sah die roten Tropfen auf den Blättern der Sträucher und auf den Halmen leuchten. „Hier sind wir schon gegangen", dachte er, aber er konnte nicht sprechen.

„So!" sagte der Alte und war beinahe fröhlich, „jetzt sind wir hinter ihnen . . ."

Er ging noch eine Weile auf derselben Spur. Dann zog er unversehens einen Haken und begann einen neuen Kreis. Bambi folgte ihm taumelnd.

Noch ein zweites Mal kamen sie, nun aber von der entgegengesetzten Seite, an die Eiche, kamen noch ein zweites Mal zu der Stelle, wo Bambi hingefallen war, dann nahm der Alte wieder eine andere Richtung.

„Iß davon!" befahl er, blieb stehen, scharrte das Gras zur Seite und wies auf ein paar ganz winzige Blätter, die kurz und dunkelgrün, fett und flockig dem rauhen Boden entsprossen.

Bambi gehorchte. Es schmeckte entsetzlich bitter und roch widerlich.

Nach einer Weile fragte der Alte: „Wie geht's dir?"

„Besser", antwortete Bambi schnell. Er konnte plötzlich wieder reden, seine Sinne waren klar, seine Müdigkeit gelindert.

Wieder nach einer Weile befahl der Alte: „Geh einmal voraus." Und nachdem er eine Zeitlang hinter Bambi einhergeschritten war, sagte er: „Endlich!" Sie blieben stehen. „Dein Blut ist gestillt", sprach der Alte, „es tropft nicht mehr aus deiner Wunde, und wird also nicht mehr zum Verräter an dir, wird . . . Ihm und Seinem Hund nicht mehr den Weg zu deinem Leben zeigen."

Der Alte sah angestrengt und ermüdet aus, aber in seiner Stimme klang Heiterkeit. „Komm jetzt", fuhr er fort, „nun sollst du Ruhe haben."

Sie gelangten zu dem breiten Graben, den Bambi noch nie überschritten hatte. Der Alte stieg hinab, Bambi versuchte zu folgen, doch es kostete ihn große Mühe, auf der andern Seite die steile Böschung zu erklettern. Der Schmerz begann wieder heftig in ihm zu wühlen. Er strauchelte, raffte sich auf, strauchelte von neuem und atmete schwer.

„Ich kann dir nicht helfen“, sagte der Alte, „du mußt herauf!“ Und Bambi kam bis nach oben. Er fühlte den heißen Streifen von neuem an seinem Schenkel, fühlte seine Kräfte zum zweitenmal schwinden.

„Du blutest wieder“, sagte der Alte, „das habe ich erwartet. Aber es ist nur wenig . . . und . . .“, setzte er flüsternd hinzu . . . „jetzt schadet es auch nichts mehr.“

Ganz langsam schritten sie durch einen Saal himmelhoher Buchen. Der Boden war weich und glatt. Es ging sich mühelos darauf. Bambi bekam Sehnsucht, sich hier niederzulegen, sich auszustrecken und kein Glied mehr zu rühren. Er konnte nicht weiter. Sein Kopf schmerzte, es sauste ihm in den Ohren, seine Nerven bebten, und das Fieber begann ihn zu schütteln. Es wurde ihm dunkel vor den Augen. In ihm war nichts mehr als das Verlangen nach Ruhe und ein gleichgültiges Staunen, wie sein Leben jetzt auf einmal unterbrochen und verändert sei. Daß er jemals gesund und unverletzt durch den Wald gegangen . . . heute morgen . . . noch vor einer Stunde . . . das erschien ihm nun wie das Glück einer fernen, längst entschwundenen Zeit.

Sie kamen durch ein niedriges Eichen- und Hartriegeldickicht. Ein mächtiger geborstener Buchenstamm lag tief eingebettet im Buschwerk quer vor ihnen und sperrte den Weg.

„Da sind wir . . .“ hörte Bambi den Alten sagen. Er strich den Buchenstamm entlang, Bambi ging hinter ihm und fiel beinahe in eine Grube, die sich hier auftat.

„So!“ sprach der Alte in diesem Augenblick, „da kannst du liegen.“

Bambi sank in sich zusammen und regte sich nicht mehr.

Unter dem gefallenen Buchenstamm wurde die Grube noch tiefer und bildete eine kleine Kammer. Das Gebüsch, außen am Rande, schlug über einem zusammen, wenn man hineinkam, und schützte vor allen Blicken. War man da unten, so war man wie verschwunden.

„Hier bist du sicher“, sagte der Alte, „hier bleibst du.“

Tage vergingen.

Bambi lag in der warmen Erde, die modernde Rinde des gestürzten Baumes über sich, behorchte seine Schmerzen, wie sie heranwuchsen in seinem Körper, stärker wurden, abließen, von ihm wichen und niedersanken, immer leiser und leiser. Manchmal kroch er hervor, stand schwach und schwankend auf müden, unsicheren Beinen, ging ein paar steife Schritte, um Nahrung zu suchen. Er aß jetzt Kräuter, die er früher niemals beachtet, die er nicht einmal bemerkt hatte. Jetzt auf einmal aber boten sie sich an, riefen ihn mit ihrem Duft voll seltsamer lockender Schärfe. Was er früher verschmäht, was er wieder weggeworfen hatte, wenn es ihm unversehens zwischen die Lippen kam, schien ihm jetzt schmackhaft und würzig. Manche kleine Blätter, manche kurze, stämmige Stengel widerstanden ihm auch jetzt, aber er aß trotzdem davon wie unter einem Zwang, und seine Wunde heilte rascher, seine Kräfte kehrten fühlbar zurück.

Er war gerettet. Doch er verließ die Grube noch nicht, ging des Nachts bloß ein wenig umher und blieb den Tag über still in seinem Bett. Jetzt erst, da sein Körper keine Schmerzen mehr fühlte, erlebte Bambi alles, was geschehen war, in Gedanken noch einmal, und ein großes Erschrecken wachte in ihm auf, eine tiefe Erschütterung ging durch sein Gemüt. Er konnte das nicht von sich abstreifen, konnte noch nicht aufstehen und umherlaufen wie sonst. Er lag da und war erregt, war abwechselnd entsetzt, beschämt, erstaunt, gerührt, war bald voll Wehmut, bald wieder voll Glück.

Der Alte blieb immer bei ihm. Anfangs war er Tag und Nacht an Bambis Seite gewesen. Jetzt ließ er ihn zuweilen allein, besonders wenn er merkte, daß Bambi in Grübelei verfiel. Doch er hielt sich beständig ganz in der Nähe.

Ein Abend kam, nach Blitz und Donner und Gewitterregen, mit reingefegtem blauen Himmel, den die untergehende Sonne überstrahlte. Auf den Baumwipfeln ringsum sangen laut die Amseln, die Finken schlugen, im Gebüsch wisperten die Meisen, im Grase und unter den Sträuchern am Boden klang das metallisch geborstene Krähen der Fasanen in kurzen Rufen, der Specht lachte helljauchzend auf, und die Tauben gurrten mit innigem Liebesverlangen.

Bambi trat aus seiner Grube hervor. Das Leben war schön. Der Alte stand da, als habe er gewartet.

Sie gingen schlendernd miteinander.

Über den Graben jedoch, zu den andern, kehrte Bambi nicht mehr zurück.

In einer Nacht, die vom herbstlichen Blätterfall durchflüstert war, schrie der Waldkauz gellend durch die Wipfel. Dann wartete er.

Aber Bambi hatte ihn durch das spärlich gewordene Laub der Zweige schon von weitem erblickt und blieb still.

Der Waldkauz flog näher und gellte noch lauter. Dann wartete er. Aber Bambi sagte wieder nichts.

Nun hielt es der Waldkauz nicht länger aus. „Sind Sie nicht erschrocken?" fragte er unzufrieden.

„Doch", erwiderte Bambi sanft. „Ein wenig."

„So, so", gurrte der Waldkauz beleidigt, „nur ein wenig? Früher sind Sie immer furchtbar erschrocken. Es war ordentlich ein Vergnügen, wie Sie erschrocken sind. Woran das wohl liegen mag, daß Sie jetzt nur ein wenig erschrecken . . ."

Er ärgerte sich und wiederholte: „Nur ein wenig . . ."

Der Waldkauz war jetzt alt, und deshalb war er noch viel eitler und noch empfindlicher als je.

Bambi wollte antworten: Ich bin auch früher nicht erschrocken, niemals, ich sagte es bloß, um Ihnen eine Freude zu machen. Aber er behielt dieses Geständnis doch lieber für sich. Der gute, alte Waldkauz tat ihm leid, wie er so dasaß und sich erzürnte. Er versuchte ihn zu beruhigen. „Vielleicht liegt es daran, daß ich gerade an Sie gedacht habe", sagte er.

„Was?" Der Waldkauz wurde wieder munter. „Was? Sie haben an mich gedacht?"

„Ja", antwortete Bambi zögernd, „gerade, als Sie zu schreien anfingen. Sonst wäre ich natürlich ebenso erschrocken wie sonst."

„Wirklich?" gurrte der Waldkauz.

Bambi konnte nicht widerstehen. Was schadete es auch? Mochte der kleine, alte Bursche sich freuen.

„Wirklich", bekräftigte er und fuhr fort, „. . . ich bin froh . . . denn es fährt mir durch alle Glieder, wenn ich Sie so plötzlich höre."

Der Waldkauz blies die Federn auf, wurde eine weiche, braun und hellgrau überwölkte Kugel und war glücklich. „Das ist nett von Ihnen, daß Sie an mich gedacht haben . . . sehr nett . . ." gurrte er zart. „Wir haben uns lange nicht gesehen."

„Sehr lange", sagte Bambi.

„Sie gehen wohl nicht mehr die alten Wege?“ erkundigte sich der Waldkauz.

„Nein ...“ Bambi sprach es langsam, „die alten Wege gehe ich nicht mehr.“

„Ich komme jetzt auch weiter in der Welt herum als früher“, bemerkte der Waldkauz großartig. Er verschwieg, daß er aus seinem alten angestammten Gebiet durch einen jüngeren rücksichtslosen Gesellen vertrieben worden war. „Man kann nicht immer auf demselben Fleck bleiben“, fügte er noch hinzu. Dann wartete er auf Antwort.

Aber Bambi war gegangen. Er verstand sich nun beinahe ebenso gut wie der Alte auf die Kunst, lautlos zu verschwinden.

Der Waldkauz war entrüstet. „Unverschämt ...“ gurrte er vor sich hin. Er schüttelte sich, grub den Schnabel in die Brust und philosophierte in sich hinein: „Man soll eben nicht glauben, daß es mit den vornehmen Herren eine Freundschaft gibt. Wenn sie noch so liebenswürdig sind ... eines Tages werden sie unverschämt ... und dann sitzt man so dumm da, wie ich jetzt dasitze ...“

Plötzlich fiel er senkrecht wie ein Stein zu Boden. Er hatte eine Maus erspäht, die jetzt nur ein einziges Mal in seinen Fängen aufpiepste. Er zerriß sie in Stücke, denn er war voll Zorn. Schneller als sonst hatte er den kleinen Bissen gekröpft. Dann flog er davon. „Was liegt mir an diesem Bambi?“ dachte er. „Was liegt mir an der ganzen vornehmen Gesellschaft? Gar nichts liegt mir daran!“ Er fing zu schreien an. So gellend, so anhaltend, daß ein paar Holztauben, an denen er vorbeikam, erwachten und mit lautem Flügelknattern von ihren Plätzen stoben.

Viele Tage lang fegte der Sturm durch den Wald und riß das letzte Laub von den Zweigen. Nun standen die Bäume ganz kahl.

Bambi ging im Morgengrauen heimwärts, um in der Grube zusammen mit dem Alten zu schlafen.

Eine dünne Stimme rief ihn, zwei-, dreimal rasch nacheinander. Er blieb stehen. Da sauste das Eichhörnchen wie der Blitz von den Zweigen nieder und saß vor ihm am Boden.

„Sie sind es also wirklich!“ pfiff es mit andächtigem Staunen. „Ich hab' Sie gleich erkannt, als Sie an mir vorüberkamen, aber ich hab's nicht glauben wollen ...“

„Wie kommen Sie denn hierher ...?“ fragte Bambi.

Das muntere, kleine Gesicht vor ihm wurde ganz bekümmert. „Die Eiche ist hin . . .“ begann es zu klagen, „meine schöne alte Eiche . . . erinnern Sie sich? Es war furchtbar . . . Er hat sie umgeworfen.“

Bambi senkte traurig das Haupt. Der wunderbare alte Baum tat ihm in der Seele leid.

„So schnell ist das gegangen“, erzählte das Eichhörnchen, „wir alle, die auf dem Baum wohnten, haben uns geflüchtet und haben zugeschaut, wie Er mit einem riesengroßen, blinkenden Zahn die alte Eiche durchgebissen hat. Der Baum hat aus seiner Wunde laut geschrien. Immerfort hat er geschrien, und der Zahn hat geschrien . . . es war entsetzlich anzuhören. Dann ist der arme schöne Baum umgefallen. Hinaus auf die Wiese . . . wir haben alle geweint.“

Bambi schwieg.

„Ja . . .“ seufzte das Eichhörnchen, „Er kann alles . . . Er ist allmächtig . . .“ Es schaute Bambi mit großen Augen an und spitzte die Ohren, aber Bambi schwieg.

„Nun sind wir alle obdachlos . . .“ redete das Eichhörnchen weiter, „ich weiß gar nicht, wohin die andern sich zerstreut haben . . . Ich bin hierher gekommen . . . aber solch einen Baum finde ich so bald nicht wieder.“

„Die alte Eiche . . .“ sagte Bambi vor sich hin, „seit meinen Kindertagen hab' ich sie gekannt.“

„Nein . . . aber daß Sie es wirklich sind!“ Das Eichhörnchen wurde ganz vergnügt. „Alle haben gemeint, Sie müßten längst tot sein. Freilich, manchmal hieß es, daß Sie noch leben . . . manchmal wurde erzählt, der oder jener hätte Sie gesehen . . . aber etwas Bestimmtes konnte man nicht erfahren, und so hielt man das für ein leeres Gerücht . . .“ Das Eichhörnchen sah ihn forschend an. „Nun ja . . . weil Sie doch nicht wieder zurückgekommen sind.“

Man merkte ihm die Neugier an, wie es so dasaß und auf eine Antwort wartete.

Bambi schwieg. Doch auch in ihm regte sich eine leise, bange Neugier. Er wollte fragen. Nach Faline, nach Tante Ena, nach Ronno und Karus, nach allen Gefährten seiner Jugend. Aber er schwieg.

Das Eichhörnchen saß noch immer vor ihm und musterte ihn. „Diese Krone!“ rief es bewundernd, „diese Krone! Niemand außer dem alten Fürsten, niemand im ganzen Walde hat solch eine Krone!“

Früher einmal hätte sich Bambi durch diese Anerkennung entzückt und geschmeichelt gefühlt. Jetzt sagte er nur obenhin: „So . . . Mag sein . . ."

Das Eichhörnchen nickte rasch mit dem Kopf. „Wahrhaftig!" staunte es, „wahrhaftig, Sie fangen schon an, grau zu werden."

Bambi ging weiter.

Das Eichhörnchen merkte, daß die Unterredung nun zu Ende sei, und schwang sich in die Zweige. „Guten Morgen", rief es herunter, „leben Sie wohl! Es hat mich sehr gefreut. Wenn ich einen von Ihren alten Bekannten treffe, dann erzähle ich ihm, daß Sie leben . . . Sie werden sich alle freuen."

Bambi hörte es und fühlte wieder dieses leise Regen in seinem Herzen. Aber er sagte nichts. Man muß allein bleiben, hatte ihn der Alte gelehrt, damals, als Bambi noch ein Kind gewesen war. Und der Alte hatte ihm viele Erkenntnisse, viele Geheimnisse erschlossen, späterhin bis zum heutigen Tage. Von allen seinen Lehren jedoch war dies seine wichtigste gewesen: Man muß allein bleiben. Wenn man sich bewahren, wenn man das Dasein begreifen, wenn man zur Weisheit gelangen will, muß man allein bleiben!

„Aber", hatte Bambi einmal gefragt, „aber wir beide, wir sind doch jetzt immer beisammen . . .?"

„Nicht mehr lange", hatte der Alte darauf erwidert.

Das war erst vor wenigen Wochen gewesen.

Jetzt fiel es Bambi wieder ein, und es fiel ihm plötzlich auch ein, daß schon das allererste Wort des Alten dem Alleinsein gegolten hatte. Damals als Bambi noch ein Kind war und nach der Mutter rief. Da war der Alte zu ihm getreten und hatte ihn gefragt: „Kannst du nicht allein sein?"

Bambi ging weiter.

Der Wald lag wieder im Schnee und verstummte unter dem dichten, weißen Mantel. Nur das Rufen der Krähen ließ sich hören, nur dann und wann das besorgte Schakern einer Elster und das verschüchterte leise Zwitschergespräch der Meisen. Dann wurde der Frost härter, und alles schwieg. Jetzt begann die Luft vor Kälte zu klingen.

Eines Morgens zerriß Hundegebell die tiefe Stille.

Es war ein unaufhörliches eiliges Bellen, das rasch durch den Wald dahinfuhr, gepreßt, hell und in gezogenen überschnappenden Tönen zankend.

In der Grube unter dem gestürzten Buchenstamm hob Bambi das Haupt und sah den Alten an, der neben ihm lag.

„Es ist nichts", antwortete der Alte auf Bambis Blick, „nichts, was uns betrifft."

Gleichwohl lauschten beide.

Da lagen sie in ihrer Grube, hatten den alten Buchenstamm als schützendes Dach über sich, der hohe Schnee hielt die eisige Zugluft von ihnen ab, und das wirre Gezweig der Büsche verbarg sie wie ein dichtes Gitter vor jedem Späherauge.

Das Bellen kam näher, zornig, keuchend, erhitzt. Es mußte ein kleiner Hund sein.

Immer näher kam es. Jetzt hörten sie doppeltes Atemholen, hörten durch das zänkische Gebell ein leises, schmerzliches Knurren. Bambi wurde unruhig, aber der Alte sagte wieder: „Nichts, was uns betrifft."

Sie blieben still in ihrer warmen Kammer und blickten hinaus.

Da knisterte es näher und näher in den Zweigen, Schnee fiel von plötzlich angerannten Ästen, Schnee stäubte vom Boden auf.

Jetzt konnte man auch erkennen, wer hier kam.

Durch Schnee und Stauden, Zweige und Wurzeln sprang, kroch und schlüpfte der alte Fuchs.

Gleich hinter ihm brach der Hund heran. Es war richtig ein kleiner Hund auf kurzen Beinen.

Dem Fuchs war ein Vorderlauf zerschmettert und dicht darüber das Fell aufgerissen. Er hielt das zerschmetterte Bein hoch vor sich hin, das Blut sprang ihm aus den Wunden, sein Atem pfiff, seine Augen starrten weit vor Entsetzen und Anstrengung. Er war außer sich vor Schrecken und Zorn, er war verzweifelt und erschöpft.

Mit einem Male machte er kehrt. Ein drehender Wischer, der den Hund verblüffte, so daß er ein paar Schritte zurückwich.

Der Fuchs setzte sich in die Hinterbeine. Er konnte nicht weiter. Den zerschossenen Vorderlauf kläglich erhoben, den Rachen offen, mit zuckenden Lefzen fauchte er dem Hunde entgegen.

Der aber schwieg keinen Augenblick. Seine hohe, gequetschte Stimme wurde jetzt nur voller und tiefer. "Da!" schrie er. „Da! Da ist er! Da! Da! Da!" Er schalt jetzt nicht auf den Fuchs, sprach in diesem Augenblick gar nicht zu ihm, sondern rief offenbar jemand anderm zu, der noch weit entfernt war.

Bambi ebenso wie der Alte wußten, daß Er es war, den der Hund herbeirief.

Auch der Fuchs wußte es. Das Blut strömte jetzt an ihm herunter, stürzte von seiner Brust in den Schnee und bildete auf der weißen eisigen Decke einen brennroten Fleck, der leise dampfte.

Eine Schwäche wandelte den Fuchs an. Seine zerschmetterte Pfote sank kraftlos herunter, wurde aber bei der Berührung mit dem kalten Schnee von einem glühenden Schmerz durchstochen. Mühsam hob er sie wieder auf und hielt sie zitternd vor sich in die Luft.

„Laß mich . . ." fing der Fuchs zu reden an. „Laß mich . . ." Er sprach leise und flehend. Er war ganz matt und ganz demütig.

„Nein! Nein! Nein!" fuhr der Hund mit bösem Jaulen ihn an.

„Ich bitte dich . . ." sagte der Fuchs, „ich kann nicht mehr weiter . . . es ist aus mit mir . . . laß mich fort . . . laß mich heim . . . laß mich doch wenigstens in Ruhe sterben . . ."

„Nein! Nein! Nein!" heulte der Hund.

Der Fuchs wurde noch inständiger in seinem Bitten. „Wir sind doch Verwandte . . ." klagte er, „beinahe Brüder sind wir . . . laß mich heim . . . laß mich bei den Meinigen sterben . . . wir . . . beinahe Brüder sind wir . . . du und ich . . ."

„Nein! Nein! Nein!" tobte der Hund.

Da richtete der Fuchs sich auf, daß er ganz steil dasaß. Seine schöne spitze Schnauze senkte sich zur blutenden Brust, seine Augen hoben sich, und er blickte dem Hunde gerade ins Gesicht. Mit völlig veränderter Stimme, gefaßt, traurig und erbittert knurrte er: „Schämst du dich nicht . . .? Du Verräter!"

„Nein! Nein! Nein!" schrie der Hund.

Der Fuchs aber fuhr fort: „Du Überläufer . . .du Abtrünniger!“ Sein zerrissener Leib straffte sich in Haß und Verachtung. „Du Scherge!“ zischte er. „Du Elender . . . du spürst uns auf, wo Er uns nicht findet . . . du verfolgst uns, wo Er uns nicht einholen kann . . .du lieferst uns aus . . . uns, die wir alle deine Verwandten sind . . . mich, der ich beinahe dein Bruder bin . . . und du stehst da und schämst dich nicht?“

Auf einmal wurden viele andere Stimmen laut ringsumher.

„Verräter!“ riefen die Elstern von den Bäumen.

„Scherge!“ kreischte der Häher.

„Elender!“ pfiff das Wiesel.

„Abtrünniger!“ fauchte der Iltis.

Von allen Bäumen und aus allen Sträuchern zischte und piepte und schrillte es, und aus der Luft kreischten die Krähen: „Scherge!“ Alle waren sie herbeigeeilt, hatten aus den Bäumen oben und aus sicheren Verstecken am Boden den Streit belauert. Die Empörung, die aus dem Fuchs hervorbrach, löste die alte erbitterte Empörung in ihnen allen, und das Blut, das hingeschüttet im Schnee vor ihren Blicken rauchte, machte sie rasend und ließ sie jegliche Scheu vergessen.

Der Hund sah sich im Kreise um. „Ihr!“ rief er. „Was wollt ihr? Was wißt ihr? Was redet ihr? Alle gehört ihr Ihm, wie ich Ihm gehöre! Aber ich . . . ich liebe Ihn, ich bete Ihn an! Ich diene Ihm! Ihr wollt euch auflehnen . . . Ihr Armseligen, gegen Ihn? Er ist allmächtig! Er ist über uns! Alles, was ihr habt, ist von Ihm! Alles, was da wächst und lebt, von Ihm!“ Der Hund bebte vor Begeisterung.

„Verräter!“ schrillte das Eichhörnchen.

„Ja!“ zischte der Fuchs. „Verräter! Niemand als du . . . du allein . . .!“

Der Hund tanzte vor heiliger Erregung. „Ich allein . . .? Du Lügner! Sind nicht viele, viele andere bei Ihm . . .? Das Pferd . . . das Rind . . . das Lamm . . . die Hühner . . . von euch allen, aus allen euren Sippen sind viele bei Ihm und beten Ihn an . . . und dienen Ihm!“

„Gesindel!“ fauchte der Fuchs voll unermeßlicher Verachtung.

Da hielt sich der Hund nicht länger und fuhr ihm an die Kehle. Knurrend, spuckend, keuchend rollten sie im Schnee, ein zappelndes, wild um sich schnappendes Bündel, von dem die Haare flogen, der Schnee aufstäubte und das

Blut in feinen Tropfen sprühte. Aber der Fuchs konnte nicht lange kämpfen. Ein paar Sekunden nur, und er lag auf dem Rücken, zeigte seinen hellen Bauch, zuckte, streckte sich und starb.

Der Hund schüttelte ihn noch ein paar Male, ließ ihn dann in den zerwühlten Schnee fallen, stand breitbeinig da und rief wieder mit voller, tiefer Stimme: „Da! Da! Da ist er!"

Die andern waren entsetzt nach allen Seiten geflohen.

„Furchtbar . . ." sagte Bambi in seiner Grube leise zum Alten.

„Das Furchtbarste", entgegnete der Alte. „Sie glauben an das, was der Hund da verkündigt hat. Sie glauben daran, sie verbringen ihr Leben voll Angst, sie hassen Ihn und sich selbst . . . und sie töten sich um Seinetwillen."

Die Kälte zerbrach, und mitten im Winter entstand eine Lücke. In großen Zügen trank die Erde den schmelzenden Schnee, so daß überall schon breite Flächen des Bodens zum Vorschein kamen. Die Amseln sangen noch nicht, aber wenn sie jetzt vom Boden aufflogen, wo sie Würmer suchten, oder wenn sie von Baum zu Baum flatterten, ließen sie ein lang andauerndes, fröhliches Schrillen hören, das fast schon wie Gesang war. Der Specht begann da und dort wieder zu lachen, Elstern und Krähen wurden gesprächiger, die Meisen plauderten lustiger miteinander, und die Fasanen blieben jetzt, wenn sie von ihren Schlafbäumen sich abgeschwungen hatten, beinahe ebenso lange wie zur guten Zeit an einer Stelle stehen, um in der Morgensonne ihr Gefieder zu schütteln und ihren metallisch berstenden Ruf auszukrähen, in kurzen Pausen immer wieder und wieder.

An solch einem Morgen schweifte Bambi weiter umher als sonst. In der ersten Frühdämmerung kam er an den Rand des Grabens. Drüben auf der andern Seite, dort, wo er früher einmal gelebt hatte, regte sich etwas. Bambi blieb im Gestrüpp verborgen und spähte hinüber. Richtig, dort ging jemand von seiner Art langsam hin und her, suchte die schneefreien Flecke und machte sich an den voreilig emporgetriebenen Gräsern zu schaffen.

Eben wollte Bambi sich gleichgültig abwenden und weggehen, da erkannte er Faline. Seine erste Regung war, hervorzuspringen und sie zu rufen. Aber er blieb stehen wie festgebunden. So lange Zeit hatte er Faline nicht gesehen. Sein Herz begann heiß zu klopfen. Faline ging langsam, als wenn sie müde wäre oder traurig. Sie glich jetzt ihrer Mutter, sah aus wie Tante Ena, und Bambi bemerkte das mit einem wunderlich quälenden Staunen.

Faline hob das Haupt und spähte herüber, als fühle sie seine Nähe.

Wieder zog es Bambi, hervorzutreten, aber wieder stand er, von Ohnmacht gelähmt, und konnte sich nicht regen.

Er sah, daß Faline grau geworden war und alt.

Die muntere, dreiste, kleine Faline, dachte er, wie schön ist sie gewesen und wie behende! Die ganze Jugendzeit schimmerte plötzlich in ihm auf. Die Wiese, die Wege, die seine Mutter ihn geführt hatte, die frohen Spiele mit Gobo und Faline, das gute Heupferdchen und der Schmetterling, der Kampf mit Karus und Ronno, in dem er Faline für sich erobert hatte. Er fühlte sich auf einmal wieder glücklich und war dennoch erschüttert.

Drüben ging jetzt Faline, das Haupt zu Boden gesenkt, davon, langsam, müde und traurig. Bambi liebte sie in diesem Augenblick mit hinströmender zärtlicher Wehmut, wollte durch den Graben, der ihn nun schon so lange von ihr und den andern trennte, hinüber, wollte sie einholen, sie anreden und mit ihr von der Jugend sprechen, von allem, was gewesen.

Dabei sah er ihr nach, wie sie durch die kahlen Sträucher fortging und endlich verschwand.

Lang stand er da und blickte hinüber.

Ein Donnerschlag krachte. Bambi fuhr zusammen.

Das war hier, auf dieser Seite des Grabens. Nicht eben nahe, aber doch hier, auf dieser, seiner Seite.

Da krachte noch ein Donnerschlag und gleich darauf wieder einer.

Bambi tat einige Sätze tiefer ins Dickicht zurück, hielt dort inne und lauschte. Alles still. Behutsam schlich er heimwärts.

Der Alte war schon da, hatte sich aber noch nicht niedergetan, sondern stand neben dem gestürzten Buchenstamm, als habe er gewartet.

„Wo bleibst du so lange?“ fragte er so ernst, daß Bambi schwieg.

„Hast du vorhin gehört?“ fuhr der Alte nach einer Weile fort.

„Ja“, antwortete Bambi, „dreimal . . . Er ist im Walde.“

„Freilich . . ." Der Alte nickte und wiederholte mit besonderer Betonung: „Er ist im Walde . . . wir müssen hingehen."

„Wohin?" entschlüpfte es Bambi.

„Dorthin", sagte der Alte, und seine Stimme war schwer, „dorthin, wo Er jetzt ist."

Bambi erschrak.

„Erschrick nicht", redete der Alte weiter. „Komm jetzt und sei ohne Furcht. Ich bin froh, daß ich dich hinführen und dir das zeigen kann . . ." Er zögerte und setzte leise hinzu: „. . . ehe ich scheide."

Bambi blickte den Alten betroffen an und gewahrte mit einem Male, wie verfallen er aussah. Sein Haupt war jetzt ganz und gar weiß, sein Gesicht ganz abgemagert, in seinen schönen Augen war der tiefe Glanz erloschen, sie hatten einen matten, grünen Schein und waren wie gebrochen.

Bambi und der Alte gingen nicht weit, da wehte ihnen der erste Hauch jener scharfen Witterung entgegen, die so viel Drohung und Entsetzen in ihr Herz zu senden vermag.

Bambi blieb stehen. Aber der Alte ging weiter, geradewegs dieser Witterung entgegen. Zögernd folgte Bambi.

In immer schärferen Wellen schlug der aufreizende Geruch heran. Doch der Alte ging unaufhaltsam weiter. In Bambi war der Fluchtgedanke aufgesprungen, zuckte in seiner Brust, fuhr ihm siedend durch Kopf und Glieder und wollte ihn mit sich fortreißen. Er hielt sich gewaltsam und blieb hinter dem Alten.

Nun schwoll diese feindselige Witterung so mächtig an, daß keine andere neben ihr sich mehr fühlen ließ, und daß es kaum noch möglich war, zu atmen.

„Da!" sagte der Alte und trat zur Seite.

Auf zerknicktem Buschwerk im zerwühlten Schnee lag Er am Boden, zwei Schritte vor ihnen.

Ein unterdrückter Schrecklaut entfuhr Bambi, und mit einem jähen Sprung setzte er zur ersehnten Flucht an. Er war beinahe von Sinnen vor Schreck.

„Halt!" hörte er den Alten rufen, blickte sich um und sah, wie der Alte ruhig dort stand, wo Er am Boden lag. Außer sich vor Staunen, herbeigezwungen von seinem Gehorsam, von grenzenloser Neugier und bebendem Erwarten, trat Bambi näher.

„Nur näher . . . ohne Furcht", sagte der Alte.

Da lag Er, das blasse, nackte Gesicht nach aufwärts gewendet, der Hut ein wenig abseits für sich im Schnee, und Bambi, der nichts von Hüten wußte, meinte, dies furchtbare Haupt sei in zwei Stücke zerschlagen.

Der entblößte Hals des Wildschützen war von einer Wunde durchbohrt, die wie ein kleiner roter Mund offen stand. Blut sickerte noch leise hervor, Blut starrte in den Haaren, unter der Nase und lag in einer breiten Lache im Schnee, der von seiner Wärme zerschmolz.

„Hier stehen wir", begann der Alte leise, „ganz nahe bei Ihm stehen wir . . . und wo ist nun die Gefahr?"

Bambi sah zu dem Liegenden nieder, dessen Gestalt, dessen Glieder und Fell ihm rätselhaft und grauenvoll erschienen. Er schaute in die gebrochenen Augen, die blicklos zu ihm emporstarrten, und er begriff gar nichts.

„Bambi", fuhr der Alte fort, „erinnerst du dich an das, was Gobo gesagt hat, an das, was der Hund gesagt hat, an das, was sie alle glauben . . .erinnerst du dich?"

Bambi vermochte nicht zu antworten.

„Siehst du wohl, Bambi", sprach der Alte weiter, „siehst du nun, daß Er daliegt, wie einer von uns? Höre, Bambi, Er ist nicht allmächtig, wie sie sagen. Er ist es nicht, von dem alles kommt, was da wächst und lebt. Er ist nicht über uns! Neben uns ist Er und ist wie wir selber, denn Er kennt wie wir die Angst, die Not und das Leid. Er kann überwältigt werden gleich uns, und dann liegt Er hilflos am Boden, so wie wir andern, so wie du Ihn jetzt vor dir siehst."

Eine Stille war.

„Verstehst du mich, Bambi?" fragte der Alte.

Bambi erwiderte flüsternd: „Ich glaube . . ."

Der Alte gebot: „So sprich!"

Bambi erglühte und sprach bebend: „Ein anderer ist über uns allen . . . über uns und über Ihm."

„Dann kann ich gehen", sagte der Alte.

Er kehrte sich ab, und sie wanderten beide eine Strecke miteinander.

Vor einer hohen Esche blieb der Alte stehen. „Folge mir nicht mehr, Bambi“, begann er mit ruhiger Stimme, „meine Zeit ist um. Nun muß ich mir einen Platz suchen für das Ende . . .“

Bambi wollte reden.

„Nein“, der Alte schnitt ihm das Wort ab, „nein . . . in der Stunde, der ich jetzt entgegengehe, sind wir ein jeder allein. Leb wohl, mein Sohn . . . ich habe dich sehr geliebt.“

Der Sommertag entglühte schon in der ersten Morgenfrühe ohne jeden Windhauch, ohne Dämmerkühle. Es schien, als käme die Sonne heute eiliger als sonst. Schnell stieg sie herauf, brach mit blendenden Flammen aus wie ein ungeheurer Brand.

Der Tau auf den Wiesen und Sträuchern verdampfte im Nu; die Erde wurde ganz trocken, und ihre Schollen zerbröckelten. Im Walde wurde es frühzeitig still. Nur den Specht hörte man hier und da auflachen, und nur die Tauben gurrten in unermüdlicher, inbrünstiger Zärtlichkeit.

Bambi stand auf einer verborgenen kleinen Blöße, die im tiefen Dickicht ein wenig freien Raum bot. Ihm zu Häupten tanzte und sang ein Mückenschwarm in der Sonne. Aus den Blättern des Haselbusches neben Bambi surrte es leise, kam näher, und ein großer Maikäfer flog langsam herbei, flog mitten durch den Mückenschwarm, höher und höher, dem Baumwipfel zu, in dem er bis zum Abend schlafen wollte. Seine Flügeldecken stachen spitz und zierlich von ihm ab, seine Flügel brausten vor Kraft.

„Habt ihr ihn gesehen . . .?“ fragten die Mücken untereinander. „Das ist der Alte“, sangen die einen. Und die andern sangen: „Alle von seiner Sippe sind schon tot. Aber er lebt noch.“

Ein paar ganz kleine Mücken fragten: „Wie lange mag er wohl leben?“ Die übrigen sangen zur Antwort: „Das wissen wir nicht. Er hat alle die Seinigen überlebt . . . uralt ist er . . . uralt.“

Bambi ging weiter. Mückenlied, dachte er, Mückenlied . . . Ein zartes, ängstliches Rufen drang zu ihm. Stimmen von seiner eigenen Art: „Mutter . . . Mutter!“

Bambi schlüpfte durch die Büsche, folgte dem Rufen. Dort standen zwei Junge beisammen in roten Röckchen, Bruder, Schwester, alleingelassen und verzagt: „Mutter! . . . Mutter! . . .“

Noch ehe sie recht wußten, was geschah, stand Bambi vor ihnen. Sprachlos starrten sie ihn an. „Eure Mutter hat jetzt keine Zeit“, sagte Bambi streng. Er blickte dem Kleinen in die Augen: „Kannst du nicht allein sein?“

Der Kleine und seine Schwester blieben stumm.

Bambi wandte sich ab, schlüpfte in den nächsten Busch und verschwand, noch ehe sich die beiden besinnen konnten. Er ging weiter. „Der Junge gefällt mir . . .“ dachte er. „Vielleicht treffe ich ihn wieder, wenn er größer ist . . .“ Er ging weiter. „Die Kleine“, dachte er, „auch die Kleine ist nett . . . so hat Faline ausgesehen, als sie noch ein Kind war.“

Er ging weiter und verschwand im Walde.